CONTENTS

文學沒有未來

文學，成為一個自由的人
——《字母LETTER》發刊詞

莊瑞琳（衛城出版總編輯）

經驗從未受限，也從未終結。——亨利·詹姆斯〈小說的藝術〉1884

我想像著文學的終結：一點一點地，無人察覺，字母漸漸縮小，直到完全看不見。——米蘭·昆德拉〈七十三個詞：字CARACTÈRES〉1986

自由時代的觀測指標

　　小說作者與讀者的出現，有濃厚的自由標記。一八九二年，英國文論家高斯（Edmund Gosse）曾評價維多利亞時代是小說統治的朝代，不僅小說的商業市場形成，使寫作者繼繪畫後擺脫貴族支助，小說也打敗戲劇，成為最受歡迎的大眾閒暇，使基督教信仰視之為邪惡，主張禁止女人與小孩閱讀。小說與文學市場的形成，代表作者與讀者的雙重解放。然而一百多年過去，小說盛世的輝煌逐漸像是一個遺址。

　　但小說的巔峰仍舊是觀測自由時代的最佳指標，只要回顧二十世紀至今重要的文學成就，就是一幅世界局勢的變遷地圖與重要年表，《蛻變》、《尤利西斯》、《異鄉人》、《錫鼓》、《百年孤寂》、《生命中不可承受之輕》，晚近的帕慕克、納道詩甚或屬報導文學的亞歷塞維奇，都使我們相信，文學的造山運動並未結束，只要仍有不自由的狀態，世界的自由與熱情就仍未終結。臺灣在一九八七年解嚴後，曾有一段想像力解放的時期，那段時期不僅是解除禁錮，更接上世界文學的臍帶，臺灣的文化比起政治，更早重返世界。

但近來社會再度面臨轉型（我們已然經歷一次太陽花運動），昆德拉曾說，「科學的躍進將人推進了各個專門學科的隧道裡」，也許如今是民主轉型將我們推進各自的隧道裡，有更多人的處境還沒被認識與描述，文藝作品此時就是打通隧道的角色，使人在隧道的黑暗與孤寂中，不再被拋棄，並且抵抗存在感的喪失與遺忘。小說技藝的多向度，使瞭解與同理成為可能，或許才是一個社會保持民主與開放性的根本。

當代的文學剖面

追問現代主義與後現代主義之後的新世界何在，使在北藝大任教的楊凱麟與小說家駱以軍從二〇一二年六月開啟以字母創作的想法。不同於歷史上曾出現的詞典創作，如福婁拜《庸見詞典》、米蘭·昆德拉〈七十三個詞〉、米沃什《米沃什詞典》或韓少功的《馬橋詞典》，多半是一種文化留存或幾近回憶錄的形式，字母會透過法文字詞 A to Z 的開展，企圖將當代華文創作放回世界思潮的對話當中，更透過未來、虛構、單義性、精神分裂、賭局、零度……這些字詞的路標，指向華文創作有多少主題、技藝與可能性。字母會面向的是未來。

二〇一二至二〇一七年，字母會匯聚陳雪、顏忠賢、童偉格、胡淑雯、黃崇凱等小說家與評論者潘怡帆，還有小說家黃錦樹、張亦絢、成英姝、盧郁佳的陸續參與，五年來集合臺灣一九六〇年代後半至八〇年代生的創作者，使這些作品像是臺灣當代的文學剖面。

以 LETTER 為最小單位

《字母 LETTER》是一本以字母會為核心的文藝評論特輯，每兩個月以「封面人物」專輯，逐一深度評論字母會六位核心小說家：駱以軍、陳雪、顏忠賢、黃崇凱、胡淑雯、童偉格。第一期「駱以軍專輯」，以作家論、深度書評、專訪、外譯四個方向剖析駱以軍。關於字母會文學

實驗，有策畫者楊凱麟〈在字母的前沿……〉說明字母會的創生；「字母會的六種剖面」，由參與字母會討論的評論者潘怡帆側寫這個文學社群，第一期以「相會」（Rencontre）為主題；「字母推薦」則由作者群針對每一個字母提出閱讀書單，此外亦有作者群談論關於「未來」定義的整理。

《字母LETTER》每期另規劃多個不同方向的文學專欄：臺灣文學研究者林運鴻主筆臺灣文學裡的資本主義症狀，英美文學研究者胡培菱主筆美國文學裡的非裔脈絡，電影研究者徐明瀚主筆作家的電影史，德國哲學研究者蔡慶樺則主筆歷史上德意志文人的書信故事，呼應LETTER信函意義。

追尋自由的同伴

德國思想家班雅明在一九三六年〈說故事的人〉中，認為一戰後經驗已然貶值，故事即將消逝，或許放在當代文學市場疲弱的此刻，是一種準確的預言，但文學有沒有未來，或者不只是故事的技藝與市場問題而已，更多是文學者的企圖，一旦文學仍在意無數差異的經驗，一旦文學沒有對於人類的景況轉過頭去，或者，文學仍可以是那個，每個平凡人追尋自由的同伴。

在字母的前沿……

楊凱麟

字母會的創生

自二〇一二年起,楊凱麟由二十六個法文字母依序選擇代表當代思想與文學論述的詞彙(如A,Avenir／未來),與多位小說家定期聚會,由小說家撰寫短篇小說回應該字母詞彙,共同進行文學創作實驗,歷時五年。

楊凱麟

一九六八年生,嘉義人。巴黎第八大學哲學場域與轉型研究所博士,臺北藝術大學藝術跨域研究所教授。研究當代法國哲學、美學與文學。著有《書寫與影像:法國思想,在地實踐》、《分裂分析傅柯》、《分裂分析德勒茲》與《祖父的六抽小櫃》;譯有《消失的美學》、《德勒茲論傅柯》、《德勒茲,存有的喧囂》等。自二〇一二年策劃字母會文學創作實驗。

曾經,思想與小說的兩次相遇像是盛大慶典般在臺灣文學史上噴吐著動人花火,第一次是存在主義與現代主義,七等生、王文興與詩壇眾星銘刻著一九七〇年代的夜空;然後,我們盼到了解嚴,被稱為後現代理論的狂潮夾帶著艾可、馬奎斯、卡爾維諾等當代作者襲捲了所有人文心靈,校園裡一夕爆閃沸騰,我們年輕的大腦毫無困難地翻折升級到全新維度,歡快地追讀著張大春、林燿德,與稍後的駱以軍,我們迎來了臺灣文學的大爆炸時期。

如今又已另一個二十年過去了,我們不耐煩地睜著眼睛渴望能有新的嘗試,解鎖不同的大腦平面,重新迷途與抹去一成不變的臉孔。如果存在主義曾以曲扭及獨語的方式澆灌了封閉社會中的臺灣文壇,後現代則是一九九〇年代極度亢奮下所亂步滋長的想像,在社會力全面啟動與暴發下創造了誘人的美麗誤會。

歷史告訴我們,不管是七〇年代獨我論的喃喃低語或對語言發動的攻擊,抑或九〇年代對當代思想光彩四射的「超譯」,不管是延遲的抑或誤解的,都不曾引發文學的危機(延遲與誤解也從不構成重要問題),相反的,彼時的作家們就地組裝動員,以強悍的創造能量來形變與逃離,敲開了臺灣文學史的兩個小說盛世。文學的危機,如果有的話,產生於不再對陌異感到好奇,也始終困頓於對他者的保守拒斥,文學總是因為失去了外部性而同時失去了必要的活力。「外部」並不一定是西方理論,而是文學本命所不可或缺的「域外」:未來與差異。難道不正是在「他者的單語」與「不可能的好客」中[1],種種奇妙與弔詭的相遇使得文學一再成為一個充滿誘惑與引發好奇的場所?

究竟什麼是文學的「活體狀態」？

所有的歷史都必然是現前的歷史，文學也一樣。每個還在書寫中的小說家都是文學史的活體，文學的諾亞方舟或生態球，某位聖堂武士……。然而卻不該以一種末世、終結或幻影的方式看待文學，因為在這種視域下，即使是舊俄、拉美或新小說在最興盛之日亦已活在某種終結與無子嗣的陰影與命運之中。終結並不是文學的特性，即使它必然意味一個特異時空的開闢，關鍵卻在於開啟，每一部小說都打開一個全新的時空，都是為了下一輪「太平盛世」的備忘。即使（特別）是張愛玲的小說，表面的蒼涼與末世的靈視開啟的是全新的小說視域，而且影響直到半世紀後的臺灣。文學應是指向由它所獨門描述的未來而非末世。

然而，現代主義已是一世紀前的風潮，存在主義距今亦已半個世紀，而後現代的眾聲喧嘩與亂鬥暴走在許多層面上仍不免是古典與鄉愁的，時至今日，我們不免自問，什麼是屬於我們當代的原創思想？小說書寫是否可能因為與思想的第三次相遇而再擴增一個臺灣的差異維度？成為華語書寫所流變鮮活的嶄新部位？臺灣的文學風景能否再「當代」一次？當代思想所再次激活的文學心靈可以**翻轉**變形到什麼高度？

作品總是指向將臨的未來，也為了尚未降臨的人民而書寫。書寫的未來與未來的書寫正是每個創作者不可迴避的倫理（êthos）。

這並不是一個前衛小說（後設小說、哲學小說……）的古典問題，也絲毫不是小說形式的枯燥實驗。思想與文學的交纏遠不止於此，一切考驗的是創造性，由差異與流變所表達。

卡夫卡曾說，「我只想要散步，而且這應該就足夠了；然而這世界上卻沒有一個地方我能散步。」因此有著最強悍的「就地散步」與「原地旅行」，就是書寫，也只是書寫。這是在一切困境裡既同時是書寫的不可能亦是不書寫的不可能。一定有什麼無法言明的未知與嶄新之物讓文學與思想成為難以戒斷之癮，人生唯一的獎賞……文學一直是因為書

❶ 編注：「他者的單語」與「不可能的好客」皆是法國哲學家德希達非常著名的概念。德希達在《他者的單語主義》（*Le monolinguisme de l'autre*）一書中，批判語言的單語狀態本身就是一種殖民。在《論好客》（*De l'hospitalité*）德希達提出迎接他者的討論，但好客本身有其悖論，因為毫無條件的好客，在現實生活中是不可能的。

寫所以差異的生命現場，在大環境失速與崩毀下的分子革命與無政府式動員，「書寫是我存有最豐饒的方向」，每個作者都因生產（發明）了強度差異而賦予了特屬於他的時代意義，每個時代也都因自己的差異而不同於其他時代。這絕不是由普遍與一般性所能獲得。

如果書寫總是促成意義的多元，總是對世界的圖像再加上一層差異的圖層，確切地說，書寫總是藉由創造性的添加企圖迫近不可書寫之物，客體＝X。沒有書寫，就永遠不可能指向那個位於文學外部（同時也拓樸摺入成為文學核心）的不可能寫之物。不可書寫之物不可書寫，小說家（哲學家）只能不斷藉由朝外部擴增其維度來指出那不可指定、不可定位與不可言說之物：永遠不可能寫、無法寫、寫不到。於是文學（伴隨思想）不斷擴延、外張（同時亦摺曲與內捲……）。虛構不斷再被虛構出來，因為所有書寫者都面臨著書寫核心的不可書寫者。

為了能再次激活文學與思想的活體，也為了再次探尋生命的嶄新可能與啟發，於是有了駱以軍、陳雪、顏忠賢、童偉格、胡淑雯、黃崇凱與幾位臺灣當代小說家（舞鶴、黃錦樹、張亦絢、成英姝、盧郁佳）所組成的字母寫作實驗（二〇一二—二〇一七）。這是小說家對文學邊界的再次挺進，對小說書寫所基進從事的「超越練習」。我們重新試著進入當代思想的基底，對外部、陌異、非思、不可見、差異與虛構等當代哲學問題提出小說式的回應，試著再搖晃池子，製造喧囂與推倒圍牆，但卻是為了能再次感受位居當代思想核心的恐怖沉默與異語。

「在二十世紀下半葉有著媲美於古典希臘與德國啟蒙的法國哲學時刻……」——巴迪歐（Alain Badiou）。文學與哲學的關係必須意識到哲學最重要的轉折，「思考」在當代法國哲學之後已發生了最根本的改變，只有意識到這個變化，我們才比較能理解當代小說的核心引擎。（我們不能繼續假裝二十世紀下半葉什麼事情都沒有發生，特別是幾乎已在人文領域裡真正引爆好幾場核爆等級變化的法國哲學。）當代法國哲學正是撐持字母實驗的思想

平面，在每個字母之後隱去的字。當代書寫的問題或許並不在於寫什麼，因為「一切都已被允許」，重點在於書寫的問題化，當代的書寫成為對書寫本身的殘酷提問，並成為一個「問題」。因為規則不存在，所有的書寫都已是後設書寫與「外書寫」，否則，書寫將自動落入某一既定形式，成為陳套與僵屍。我們以二十六個字母重複創作過程，小說就是小說創作的重複。這是一場遍歷二十六字母的文學慶典，每個字母挑出一個已被法國哲學重置與更新的詞，由小說家各自施展幻術，吞劍噴火走繩彈跳馴字母會獸各展所長來熱鬧場面。當然，這裡亦有臺灣四代創作者較量之意：在同一個題目的啟發或揭示之前，各家搏命以求采頭。

此外，每個字母都是再次展現當前臺灣作家的「造偽威力」。大家同樣臨題，各自使出絕學幻術，全程臨陣的六個小說家二十六次出場一百五十六種虛構的強勢示範。（文學史上一次這樣的極限演練，可能是薩德的《索多瑪120天》，共有 5 x 120 = 600 種窮究欲望的可能形式，那是啟蒙時代足以與康德相抗衡的小說在場。）

這是一場空前亦可能絕後的書寫技藝操演，以小說把小說技藝推到其形上界線的極限運動。這是屬於我們臺灣的小說家與哲學家的「現前歷史」與珍貴友誼。

字母會計畫的完成亦同時成為嶄新意義下的臺灣當代小說選，以「當代」最嚴格的意義，同時也是一窺當代文學與哲學風景的字典。小說家在每一字母中與當代的思想力搏、頡頏與借力，既是當代思想對小說創作的灌注與蘇活，但在所有字母完成出版之際亦翻轉為臺灣小說家向世界文壇提交並與之抗禮的「臺灣現前文學活體」，以強悍的創作能量展現小說的當代意義。

以書寫來擴增與暴漲書寫的可能性，與或許，書寫的不可能性。在一切開始之前，這是一個練習與實驗，是在一切都已經過度世故與一切都已被宣告死亡之後，使各種文學嘗試再度可能的提案。文學做為一種志業，小說創作與當代思想的第三波相遇就讓我們由ABC開始……。

相會（Rencontre）：為了拋棄自己的名字

潘怡帆

字母會的六種剖面

從評論作品到近距離觀察字母會的小説家，潘怡帆的角色既融入又旁觀，她以字母會討論參與者與一個先驅讀者的視角，寫出字母會的時間軸與立體剖面，將於《字母LETTER》各期刊出。

潘怡帆

一九七八年生，高雄人。巴黎第十大學哲學博士。專業領域為法國當代哲學及文學理論，現為科技部人文社會科學研究中心博士後研究員。著有《論書寫：莫里斯‧布朗肖思想中那不可言明的問題》、〈重複或差異的「寫作」：論郭松棻的〈寫作〉與〈論寫作〉〉等；譯有《論幸福》、《從卡夫卡到卡夫卡》。自二〇一四年起加入字母會文學創作實驗，參與每一次討論，並撰寫評論以回應每一篇字母創作。

他們定期出沒在臺北熟悉的咖啡館，一段時間這裡，另一段時間那裡，行跡游牧，性情也游牧。在約定的時刻，他們從四面八方風塵僕僕地前來相會，臺南、淡水、中和，或走或乘車。相會之於他們，張開了一個結界，只要置身其中便足以隔絕各自與世間的糾纏，使他們重新變回一個個單純因書寫而欣喜的青年，只需一提起文學，瞳仁裡便瞬間燃起焰火的超級賽亞人。聚會時，來電鈴聲幾乎絕跡，滑手機的姿勢變得陌生，他們以古典的方式交往，凝望著彼此的眼睛，真切地交談。相會從四個小時不知不覺拉長成六個小時，從下午持續到夜晚，到深夜，他們尋找更能久待之處，不斷轉移陣地，為了延續話題。

「字母會」從發想到完成越過五個年頭，它源於對文學的熱血。楊凱麟依照法文字母A到Z的排列擇出當代基進思想與文學論述的詞彙，以兩個月一次的速度啟動這個小說創作實驗。駱以軍、陳雪、顏忠賢、童偉格、胡淑雯，以及從字母O之後進場（並飛速地補齊之前各個字母）的黃崇凱，各自依據不同的啟發與靈感創作成五千字的短篇小說。每一篇小說都往來於字母概念的解構與重構，既是鄰近字母的回音，亦因為回音的一再轉調變奏而蛻變，有別於字母初始之聲。對各篇小說的評論則為每個字母概念與小說歧出三重的視角，從小說中凝聚出另一種虛構的結晶。做為評論者，我從字母I進場，並向前向後譜／補寫字母小說評論。從概念、小說到評論，不同的速度如同運行在各自軌道上的行星，他們乍看各行其是，內在卻有重力相互牽引。每完成一回合便是「字母會」成員的相會時刻，他們從不缺席，風雨無阻，只為了聚在一起談字母和小說。

　　溫暖的擁抱、論述與數不盡的故事接龍是「字母會」不變的開場儀式。當你遠遠地望見那一雙雙毫不猶豫張開的雙臂，你熱切地飛奔前往。話題從簡單的近況開始，最近書寫的狀態如何，寫了什麼，讀了什麼，哪本書實在好看，哪本書又實在傷腦筋，花了數月也進入不了，還有，為了配合書寫，最近開始跑步了，又閉關了，為了尋找素材往東南亞跑了幾趟，國圖也還得再去上幾回，生活作息花了點時間總算調整過來了，為了迎接那接下來的長篇、短篇，還有專欄……，一件件生活瑣碎通過小說家搖身化成津津有味的故事，你彷彿置身普魯斯特小說裡的沙龍，耳朵瞬時蛻成全身上下最巨大的器官，敏感地連身旁誰吞了口水的聲音都成為相會的音效之一，有必要一併收藏。

　　等話題持續一個段落，楊凱麟便會收攝心神，從沙發的凹陷裡挺起脊梁，「來談談字母吧！」像魔咒或更近似默契，七個人積蓄兩個月的書寫威力開始爆棚。從字母的概念到小說家閱讀時的各種陣痛，與如何召喚那盞創作的靈光神燈，他們從想什麼到怎麼寫，寫成了什麼與書寫過程中的自我質疑與矛盾……，想法在對話間匯聚出身形，像極了西西弗斯推石上山的背影，一次又一次的重複艱苦與確知徒然的勞作。書寫總是一再遭逢未知，總是從小說家的意志裡滾向域外，讓他們有必要把作品中的字句逐一當黃金淬鍊，以便製造小說與概念之間的正面相會。有別於誰屈從於誰，而是以差異撞擊出更多的差異。也是在那樣綿延的美妙時刻裡，你分外恍惚地想像著文學史上那場傳奇的相會。

　　一九二二年五月十八日，巴黎富麗酒店。前幾年才奪下襲固爾獎的普魯斯特碰上剛寫完《尤利西斯》的喬伊斯，那是他們生命中唯一一次相會。同時在場的，有聲名大噪的俄羅斯芭蕾舞團指導狄亞基列夫（Serge Pavlovitch Diaghilev），作曲家史特拉汶斯基與創建立體派的畢卡索。這些正璀璨綻放的星星，集結現代主義大師使那一夜成為二十世紀藝術史上獨一無二的重要聚會，揮別十九世紀，引領新世紀的誕生。

那一夜，那一刻，那裡，他們的相會成為開啟新時代的契機。而一個世紀過後的臺北，二〇一二年六月四日，有以「字母會」為名的另一場相會。

彼時，楊凱麟告別了《分裂分析福柯》，就地鍛造著《書寫與影像》。駱以軍的《西夏旅館》纏卷著「紅樓夢獎」旋風正急馳向《女兒》。陳雪揹起《迷宮中的戀人》，即將攀上《摩天大樓》。顏忠賢日後擒拿「臺灣文學獎」的《寶島大旅社》正準備孵化。童偉格的《西北雨》正要變天成《童話故事》，胡淑雯告別《哀豔是童年》的小女孩，蛻長成《太陽的血是黑的》。還有，從《比冥王星更遠的地方》一路趕來的遲到青年黃崇凱，變成《壞掉的人》……。

他們像一支NBA的夢幻球隊，挾帶各自珍視的本事，決心放手一搏地對賭文學的未來，賭一個新時代的降臨，押上每個人的書寫。如同星系中同時轉動的行星，毫無顧忌地重磅撞擊（抑或擁抱）。小說的實驗書寫直白道出「字母會」相會的目的，是決意「脫離自我所曾是」的宣示，為了再度走向無可防備也無可避免的「預料之外」，如同對文學最基進的實踐：前往域外（dehors）。

為了再次迫近文學創作的本命，他們押上自己的書寫事業，拋棄所有已知的法則，縱身躍入仍持續誕生的文學活體，拋棄自己的名字，不再是楊凱麟、駱以軍、陳雪、顏忠賢、童偉格、胡淑雯、黃崇凱……寫下這本名為「字母會」的未來之書（livre à venir）。「字母會」於是成為思考「何謂文學」的尤利西斯再次啟航，如同《ONE PIECE》的漫畫連載，檢視這一集無論如何都猜不出下一集，於是未知，於是文學，於是未來。

從字母A（未來／Avenir）出發，這群人試圖摸索當代文學的形狀。跨界的視線、堡壘守護者的銅牆鐵壁、受創者的腦中世界、夢遊者的囈語、吟遊詩人的寬廣、俠客般的鏗鏘、謀略師的各種移形換位，還有前來相會的各路高手（黃錦樹、成英姝、張亦絢、盧郁佳……）與千變萬

化的姿態。他們接力拼接故事，使每個字母都不斷經歷意義被確立與被洗刷的反覆誕生，使每個字母的誕生都指向與自己的重新相會，創造無限差異的觀點卻又一再地摺曲回單一的字母之中，如同《一千零一夜》的故事既只是一個故事，亦是無限個故事。這也是何以評論訴說的總已是故事的平行宇宙，總已指向故事的另一層凹摺，指出這些故事總還有待續說，而非無話可說。因為每個字母都已是差異自身的無限重複，每個字母都訴說著所有字母，所有字母的相會亦只為了發出那共通的唯一頻律：文學。

從A到Z的二十六次書寫使相會蛻成文學的終極事件，通過不同作家的差異筆觸與風格，使彼端最遙遠最無關的細枝末節一一收束回每個字母概念裡早已預告的文學意旨。相會是無法預料的未來在當下的發生，亦是日後驀然回首時驚見另一個世紀的已然就位。

二〇一七年九月，我衷心盼望著《字母會》的相會。

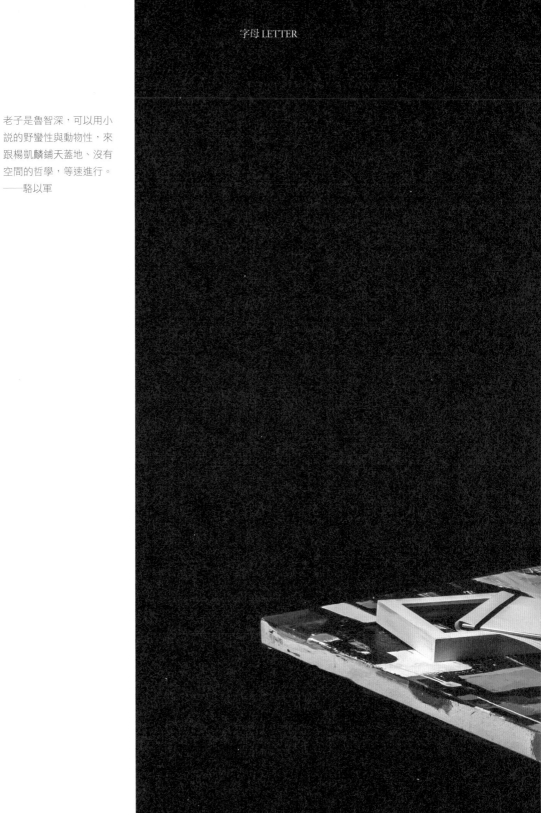

老子是魯智深，可以用小
說的野蠻性與動物性，來
跟楊凱麟鋪天蓋地、沒有
空間的哲學，等速進行。
──駱以軍

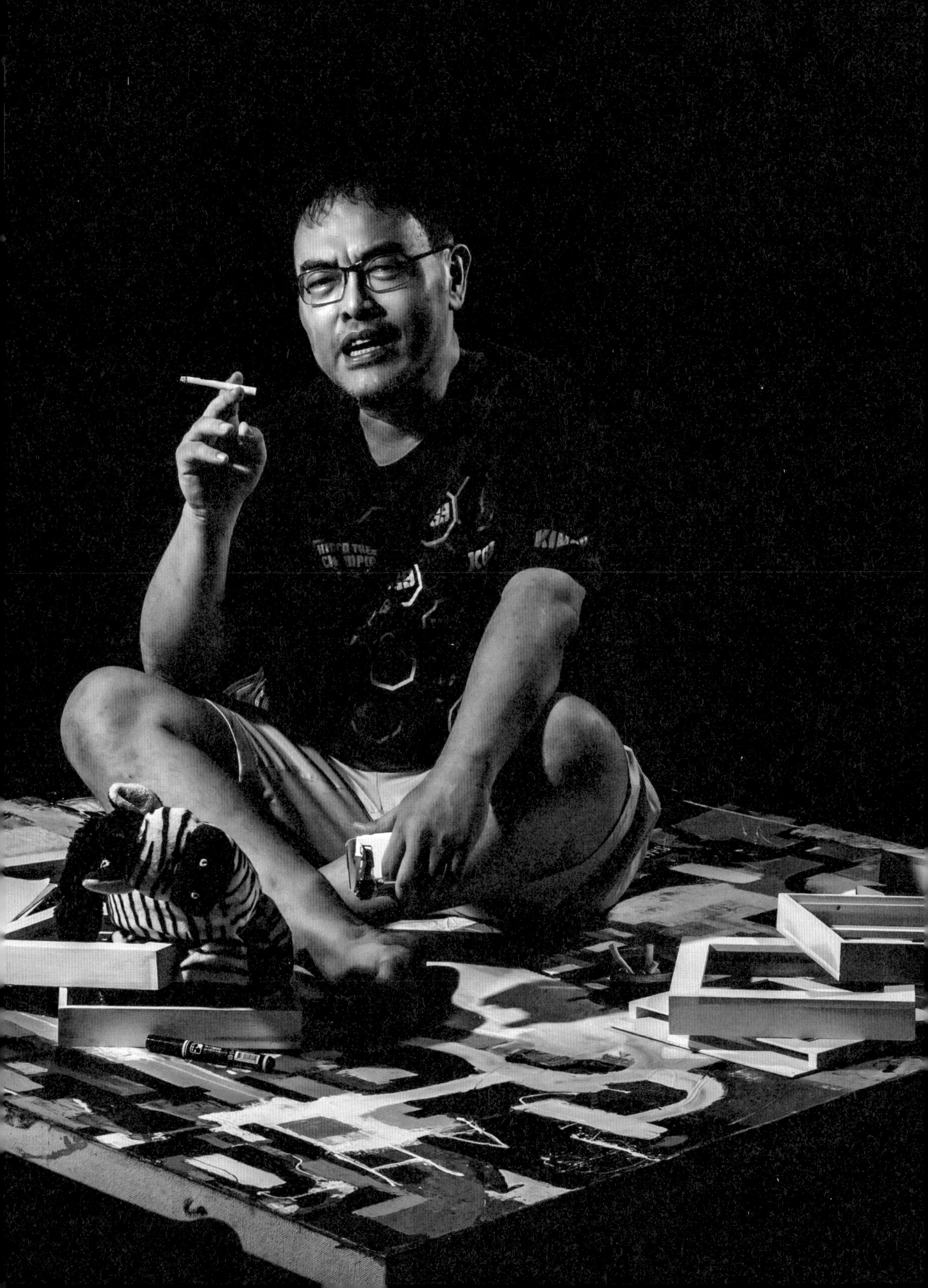

駱以軍與 pastiche

⦿楊凱麟

　　閱讀駱以軍如果不擒住 pastiche（擬仿）的所有可能與虛擬面向，那麼恐怕就很難理解他的書寫所為何事。

　　是的，pastiche 的所·有·面·向。可能與不可能的、正面與反面（以及再反面）的、古典與巴洛克的、生機勃勃與陰陽怪氣的、窮凶惡極與溫暖慈悲的、神乎其技與徹底玩壞的，他自己發明的、別人發明的與對 pastiche 的 pastiche，以及在形式之外不可避免的，人物與故事本身的 pastiche。

　　「駱以軍」意味著：小說是各種 pastiche 的盛大遊行與狂歡！

　　pastiche 有擬仿、混合曲、集錦、拼貼混搭等許多新舊意思，這些意思之間也許並不完全相容，但每一意義的確立都僅僅在自身的無限繁衍上，意思是，pastiche 只服從自己的（無）規則，它任由它自身的多元狀態所表達，也只在自我表達的運動中誕生效果。如果 pastiche 擬仿某人或某物，那麼僅只在於它同時是它自己（而非被擬仿的某物）的條件下才成立，這便是 pastiche 的專斷：它擬仿或拼貼其他事物，但並不由它所擬仿的事物所說明，而永遠僅是它自己，pastiche 是擬仿，但它的意義卻不來自被擬仿之物，而是「自我奠立」（auto-position）於自身的獨特動態中，只是這個書寫運動總是必須繞經「他者」以便建構自身，核心總是在外部，本質來自陌異與混搭。對寫實主義的 pastiche 並不真的是寫實主義，對波赫士的 pastiche 並不是波赫士，同理，《紅樓夢》、《儒林外史》、量子力學、西夏、小兒子、黑狗阿默……都只是「似乎相似，但卻不真的相似」。擬仿、複寫（或覆寫）、拼貼、口技與默劇，簡言之，只是「擬像」（simulacre）。跟「真實」似乎無比貼近，幾乎就是真的，真

的好像但卻從不是為了再現真實！但這也不意味寫小說只是「撒謊」或「假的真實」，因為文學的重點從不在黑白分明的真假、像或不像，當代的書寫者不是為了再現真相而創作，不管這個真相是國族、性別、人性、歷史或其他任何東西，小說家從來不是哲學家，即使是哲學也早已不再關心真假的問題。一切對於書寫的真假考究都使創作與思想的問題顯得過氣與可笑。

或許尼采的「造假威力」與「永恆回歸」可以答覆所有活在二十一世紀仍誤提（因此不相信「造假威力」）真假問題的人：「尼采對於那些不『信仰』永恆回歸的人們只宣告了極輕微的懲罰：他們將感受且擁有一種短暫即逝的生命！他們感覺、他們意識他們所是之物——無足輕重的現象；這就是他們的絕對知識。」[1]

pastiche的弔詭正在於，它不斷擬仿或拼貼，但永遠只是表面的，真正的賭注不在於由「模仿」所生的真假對錯與瑣碎對照上（被這些「無足輕重的現象」誘惑的人們將接受屬於他們「極輕微的懲罰」……），pastiche的重點在於它所獨立創造的各種嶄新效果。它就像一只陀螺般飛旋，在無窮語句與故事之間「串流」，就像人們現在聽著雲端資料庫裡不間斷的音樂般，它並沒有固定的本質而且只屬於一種奇妙的動態（或反動）與旋律（或無旋律）。真假正反對錯黑白彩色，波赫士張愛玲《2666》《西遊記》臉書都可以pastiche。Why not？包括本來就內建在一切pastiche中的反諷（但永遠不只是反諷）與乖違（但永遠不只是乖違），pastiche中的pastiche，俄羅斯娃娃中必須再塞入的一千個俄羅斯娃娃，永遠有許多旁支與唐突冒出的捏扁、歪斜、腫大、閃亮與焉萎的同形異構物……，這一切，與一切之外，使得小說的本體如同被擲入極限環境中的超導金屬，不斷感應與通導連結，直到無窮與無窮碎裂。

故事串流，而且迅速，文字超導，而且華麗，這是駱以軍的pastiche，在綿密的超導串流中，他迫出小說本身總是在外部的真正內

[1] Deleuze, Gilles(1968). *Différence et répétition*, Paris : PUF, p78.

核，與書寫所想要不斷挖深逼近的「逃逸之線」。

透過強勢的 pastiche，駱以軍成為文學的變種人（金鋼狼、 凰女、冰人、萬磁王、白皇后……），然而，整個文學史不正是要告訴我們，文學似乎永遠只是文學的變種，文學只是文學的流變與自我差異化。copy，no；pastiche，yes。

文學以文學來變種，文學需要再文學變種，不斷地流變與自我異化，我是他者，直到一切的碎片化，與一切碎片都如同一小枚鏡像，從萬千位置與角度反映著「文學」的無限豐饒。這便是文學的當代性。

駱以軍年輕時有對文學名著的著名抄寫，一字字抄讀馬奎斯的《百年孤寂》或卡夫卡的《城堡》，然而手抄《金剛經》者不為練字，學徒時期的「擬仿者」亦不只是為了單純的靜心，或許正是將《百年孤寂》做為一種必須參透的禪門公案、文學的珍瓏棋局（以流行的說法其實就是文學的打怪、練功、衝裝備）。當年這些像千手觀音般抄讀得來的各種當代文學法門與多重變貌，如今像是諸多「公案」般成為深埋且飽漲在他作品每一字句中的「隱跡書寫」。然則，「凡所有相，皆是虛妄。若見諸相非相，即見如來。」這才是當代藝術（文學）的真正法門（與不傳心法），擬仿者駱以軍以他的每一篇作品所給予的虔誠答覆。

從另一角度來看，這亦總是一種平行書寫，同步於多變與繁花盛開的當代現實，不只 pastiche 文學史的重要作品，而且 pastiche 實際生活。先是早期作品中各種電視八卦節目或新聞消息的 pastiche，然後是臉書與網路，邊寫邊變化，看我七十二變。邊走邊拾奪語言武器，並隨手與就地組裝成文學機器，嘰哩呱拉喀茲嗚嚕，構成龐大的駱以軍文學空間與布陣，小說的 pastiche 與 pastiche 的小說，這是為小說祕製的當代配方。

或許可以借用《詭屋》（The Cabin in the Woods，2012）來描述這種況味。這部被喻為「寫給恐怖片的情書與大感謝祭」的好萊塢電影極大化地聚合所有恐怖片元素與（中二）老梗，所有電影史中曾現身的怪物與

妖魔最後如同實驗室的動物般被展示於一個個巨大玻璃盒中，成千上萬個玻璃盒如馬賽克或魔術方塊般在黑暗中交錯升降，狼人、異形、邪惡小丑、僵屍、佛萊迪、食人魔、木乃伊、巨蟒、鬼新娘、面具殺人狂、吸血鬼、水怪、貞子……，結局是電影史花了上百年才生產出來的怪物一起被釋放出來，乘以百倍的猛鬼吃人與生人迴避，在後設層級中狂飆直到瘋狂的恐怖片pastiche大全集。這些海量怪物與厲鬼的背後是一群穿著實驗室白袍的操偶師或程式設計者，他們待在明亮的控制室中窺視、下注、歡呼與嘆息五位角色的生死存亡，擲把骰子或彈個手指便構成了類型電影裡命運交織的城堡（多麼「駱以軍情節」哪！）。

《詭屋》畢竟是商業電影（而且比起科幻電影，駱以軍很少提及恐怖電影），但或許在這裡我們終於可以理解駱以軍多次提及的孫悟空與六耳獼猴的神學辨證，「該被消磁的、殺光程式的、清空記憶體的，所謂孫悟空啊，武松啊，楊貴妃啊，趙子龍啊，都是如他喬過整理過換掉過他允許在這個界面、戲臺、金光閃閃翻滾跑跳的。」（字母M）這兩隻猴子所激起的形上學問題比較不是在真理考校的層面，而是周旋於存有論的死生存亡之辯。在兩種以上「似乎相似，但卻不真的相似」的人生中（字母E），不管是孫悟空與六耳獼猴（字母M），或是我與自殺的小說家J（字母S），與K（字母D），與D（字母O）……，在駱以軍的即興劇場中，小說的功能從不在於黑白分明地砌出不同人生，不是國族或意識形態的漢賊不兩立，相反的，透過總是悲傷、泫然欲泣且不可區分的生命疊加態（字母F），小說最終給予了文學的溫暖質地，撫慰了一整個傷痛世代的心靈，這就是特屬於駱以軍小說DNA的「抒情偏執」（字母D）。

對pastiche的貫徹實踐激進化了駱以軍的獨特小說景觀，在他的中後期作品裡我們總是置身於pastiche的碎片化、奈米化與微分化運動中，碎裂甚至（精神）分裂成為常態。但千萬別以為這只是極短篇的集合或

總成，也別以為這些層瓣堆疊飽滿無比的 pastiche 可以輕易卸除引信成為獨立的短篇而不損害其威力。串流的音樂或影像雖然可以截斷成一首首獨立歌曲或畫面來慢慢聽或慢慢看，但卻不會再屬於雲端資料庫所構建的「世界視域」（vision du monde），不再能給予串流的虛擬潛能（「那個故事之海」〔字母 F〕），因為世界已經被「降維」與再度固化了。面對這種複式動態構成的小說所提出的挑戰，必須嘗試將「螺旋結構再次進行螺旋纏繞」（字母 D），換言之，再次 pastiche！因為 pastiche 僅奠立在自身的無限繁衍與創造性變化之中。

駱以軍的小說是一整座「非如此不可」與直到無限的波赫士「巴別圖書館」，文學元素飽滿且每一原子皆飽合（灌飽氣）的 pastiche 宇宙。這是某種文學狂躁或熱病，「景觀壯麗的而非舒服的……」[2]，但正是在此，在 zoom-in 直到無限小與 zoom-out 直到無限大的重重陣列與布置中，也在無限大與無限小的無限纏繞糾結中，有駱以軍生死與共的「文學做為一種志業」！

《字母會》的二十六個字母舖展於我們熟悉的「駱氏文學空間」：彩券行、酒館、密室、宮闈、臉書、量子力學、按摩院、小旅館、老公寓、山中小屋、太空艙、電視、葬禮、召妓、末日與核爆、KTV、7-11、永和巷弄、女人陰部、聯考、書房、部隊、偷情……，「駱氏概念性人物」如同拈鬮決定般輪番在這些空間中粉墨登場：掌權的老頭、滄桑的老婦、妻、母、父、哥、姐、子、菲傭、老同學、自殺的作家、班導師、流浪漢、養過的狗……，當然，各種「我」與「我」的感情承托著這些空間與人物，成為小說「串流」的基底。

我們將看到，對於駱以軍與對於陳雪、顏忠賢、童偉格、胡淑雯或黃崇凱等字母會作者，每個字母所夾帶的當代概念都迫使他們必須凝神斂氣地專注於最激進的小說問題，而且必須根本意識到提問本身的「當代性」。這意味著，他們或許都必須使出「本家功夫」以便迎擊當代最

---

❷ Genette, Gérard(1982). *Palimpsestes*, Paris: Seuil, p134.

天才刁鑽的想法，因為任何取巧或作弊（tricher）最後都只是展現自身對當代思想的無知。字母，而且是重複出現二十六次的字母實驗最終迫出了每個小說家所究極想像的「絕對領域」，小說職人一生懸命之所在。字母會的六個「文學變種人」所展示的正是各自差異且如寶石晶瑩的文學一命。

繞經每個字母所重重設下的限制與逃脫，賦予了字母會每篇小說所獨具的辯證詩意與美感，我們因此可看出每個小說家窮其一生所欲建構與逼近的「原始場景」或「書寫零度」，由小說技藝所創造出的當代臺灣文學大腦掃描。

在字母的「駱以軍化」程序中，也在因碎裂成字母而獲致的小說重複實踐中，如同先前我們所提醒的，絕不該切斷小說運動好不容易形構的串流，不管是感情的、故事的、人物的或詩學的，而且也不該自以為聰明地將其化約於某種既成結構或形式，相反的，應該覺悟到波特萊爾在〈現代生活的畫家〉中所強調的，「處身於細節暴動的攻擊之中……藝術家愈傾注於對細節的公平對待，安那其就愈被擴增。」[3]二十六個字母的反覆實踐最終並不是為了成就某一小說建制，不是為了服務於任何既成的精神性預設，不是為了限縮與固著，相反的，是為了創造出特屬於藝術作品的「擴增的安那其」。

在駱以軍的小說中，即使是長篇《西夏旅館》（特別是長篇《西夏旅館》！），核心的創作引擎都來自藉由無窮細節所促成的「擴增的安那其」，也因此任何對小說的刪減、化約與摘取都將立即損害這個等同於文學威力而且因此被加冕的安那其動員（「那種一瞬暴脹，迅即消失的『魔性』」〔字母D〕），因為創造性的運動僅由「細節暴動」的緊密串流所迫出，也僅持存在對「細節暴動」的超導感受中。或許這就是作家所謂的「我是胡人」，而作品因此總是由某種陌異、流變、游牧、邊界、反叛、逃亡與離散所說明。小說定義了位居當代臺北的「胡人性」，或者反之，

[3] Baudelaire, Charles(1992). *Ecrits sur l'art*, Paris : Le Livre de Poche. 「對形式擁有完美感受的畫家卻慣於運用他的記憶和想像，這就處身於細節暴動的攻擊之中，它們以熱愛絕對平等的群眾狂暴全然地要求公正。所有公正都被強烈地冒犯；所有和諧都被摧毀、犧牲；無數瑣碎變為巨量，無數微小變為篡位。藝術家愈傾注於對細節的公平對待，安那其就愈被擴增。……對他而言一切都炸開了，但什麼也沒被看見，什麼也沒有被記憶保留。由是在M.G.的製作中展示了二件事：其中之一，對復活、召魂的記憶的專注，對所有事物說『拉撒路，活起來！』的記憶；另一，鉛筆或畫筆幾乎如同狂熱般的火焰、迷醉。這是恐懼進行的不夠快，讓鬼魂在綜合（synthèse）還未被攫取與掌握之前便逃走；正是這個可怕的恐懼攫住所有偉大藝術家，且使他們強烈地渴望占有所有表達方法，以便精神秩序不因手的遲疑而變質。」

「胡人性」定義了這一世代的小說，小說家總是必須有屬於他的「胡人化」以便將自己建構成小說家。以駱以軍自己的話來說，「它開啟了我『這樣寫小寫』的第一個窟窿。」（字母J）

碎裂、纏繞、壯麗、超導、串流，總是再次倍增的雙重性與疊加態，不管是裂解於字母群之中，或布陣於一部又一部的長篇，駱以軍捻著訣叫聲：變！撮口氣呼出他的萬千小說毫毛，都是跟他長得一樣的機靈小猴，個個能變，隨心所欲。在近年裡他著迷的《西遊記》裡這麼寫道：「變有百十個行者，都是一樣打扮，各執一根鐵棒，把那怪圍在空中。」小說，不就是這麼一回事嗎？

楊凱麟

一九六八年生，嘉義人。巴黎第八大學哲學場域與轉型研究所博士，臺北藝術大學藝術跨域研究所教授。研究當代法國哲學、美學與文學。著有《書寫與影像：法國思想，在地實踐》、《分裂分析福柯》、《分裂分析德勒茲》與《祖父的六抽小櫃》；譯有《消失的美學》、《德勒茲論傅柯》、《德勒茲，存有的喧囂》等。自二○一二年策劃字母會文學創作實驗。

讀《女兒》

◉蔡慶樺

絕對的存在者

　　這本《女兒》，我讀了幾次，每次都隨著那樣綿密濃重卻又繁花似錦的思想發展，踏上了不同道路，每次經過的風景皆不相同，出口也令我驚奇。

　　站在第一個岔路徬徨思考的，是〈藍天使〉中，那個德國一九三〇年代黑白電影《藍天使》的片段：醜陋的、讓人感覺悲哀的（老）男人，與讓男人無來由迷戀不已的小女人，在末日老朽與青春之間的對立又吸引的關係。這是個二元論世界，我做為觀看的男人，「女兒」不管再如何不具吸引力，對於如此平淡的腐朽之我，還是完美的不可思議的女子；或者並不是任何特定的女人，而是做為女性的存在，本身就不能是我的世界的一種特質。在本書開始的幾章裡，都能看到這樣的意象，不管如何醜陋平凡，都是存在於如同「電影場景裡的超現實的美」，那不是這個敘事者置身其中的世界之一環。

　　我不能不想起柯尼斯堡的哲學家康德對世界的思考。在那個人類才告別僅以宗教角度探索世界的時刻不久的時代，康德切開了現象與物自身的範疇，為人類的認識能力劃下界限，告訴我們，有些絕對性的存在物，既決定了這個世界卻又不是這個世界可以企及的，對於那些東西（「物自身」），超出了一切自然法則或因果律，人類不可知，無法認識，只能想像。「女兒」也是這樣的超出「我」能理解的、擁有「女兒性」的存在──不管是《藍天使》中那個肥胖的德國女星、平凡的鄰家女路邊停車管理員、向病人求索便利超商集點貼紙的護士、像搪瓷娃娃般的「如清晨玫瑰般鮮豔的」微若表妹……。駱以軍甚至稱之為「少女神」。

這些絕美的神般的存在，超乎了我們的知識能力，不在我們的經驗中，但我們只能確知有這樣的存在。

直到「女兒」們被這個世界弄壞為止。

這是絕美的存在者 vs 世界的二元對立之不可避宿命，「女兒」們終究要被弄壞，終究要被收入這個混雜各種惡意的世界中。所有女兒最後都必須進入如《藍天使》裡面那位男性教授的老朽狀態，這是這個世界正常化的做法。那些柔軟鮮美純粹的存在——不能不再想起康德的《純粹理性批判》中接近偏執地重複使用那些「先於經驗的」（a priori）、「純粹的」（rein）、「未參雜任何東西的」（unvermischt）等形容詞——最後都必須被介入、被置放在認識範疇中、被參雜進一些什麼東西、被「父之惡」的暴力轉化。

女兒們的悲劇早已被寫好，如康德《判斷力批判》的美學論，自然界的崇高壯美必然需要人類的理解才能成立，超越我們的偉大與無限必然需要我們這些有限存在者才能被建立，女兒神還是必得從那個次元來到這個肉欲朽敗的世界裡，如同〈阿達〉一章裡原來美得不可方物的臺南家專的表姐，大一讀了半學期便被一個極為平庸的痞子把走了，三十多歲時成為一個「肥胖巨大、海獅般的婦人」……。「幾乎可以說她這個『絕美女人』的一生，就在二十多歲做出決定的那時，便像保險絲那樣燒斷了。」「被偷走的人生啊。」

妳被這世界弄壞了，**駱以軍**寫著。或者該說，妳終究成為了這世界的一部分，最終被摒棄了。

殺女兒者

這種老朽平凡對上年輕女兒存在的二元世界，那種男子對女體求之不得而殺之的暴力，在文學史中是一個奇特的文類傳統。最知名就是藍鬍子（Blaubart）故事，有錢的藍鬍子老男人擬納鄰人美麗少女做妻，

但是藍鬍子之前娶的妻子們全部下落不明，少女心生怯意，最後還是無法抗拒男人的權勢，嫁入了城堡，無意中打開禁忌的房間，發現藏滿了藍鬍子前妻的屍體⋯⋯。

東德作家湯瑪斯・布拉許（Thomas Brasch）的《謀殺少女者布倫克》（*Mädchenmörder Brunke*），也是根據一個實際發生的故事改寫：德國人卡爾・布倫克（Karl Brunke）擔任貴族兩個女兒的家庭教師，三人都各自在生活與愛情上遇到不同困境，遂約好共赴黃泉。一九〇五年十月某一天，兩個少女換上了華美新衣，寫下遺書，到了布倫克家裡。他用買來的手槍，在自家床上槍殺了妹妹，姐姐將現場布置成性侵模樣後，吻別了妹妹，也在布倫克槍下喪生。看著床上絕美的兩具少女遺體，原計劃自殺的布倫克過於震驚，無法鼓起勇氣，遂奪門而出，隔日向警方自首，爆發了這件驚人的殺少女案。

柏林作家苔亞・朵恩（Thea Dorn）的成名作《謀殺少女者──一部愛情小說》（*Mädchenmörder. Ein Liebesroman*）寫一位剛剛高中畢業的科隆少女茱莉亞，有自殘傾向，會用刀片割自己。某夜，參加完一個派對後，在深夜的街頭等著不來的公車，突然一臺跑車停下，迷昏了她，將她綁架到民宅地下室。犯罪者之前已殺害多名少女，看到茱莉亞自殘的傷痕時決定留她性命，但不停止施暴；最後犯罪者竟帶著她遠走歐洲大陸，展開了奇詭的公路驚悚電影場景，茱莉亞看著他一路殘殺其他少女⋯⋯。

未來必然還會有作家投入，書寫人們如何施暴於柔弱絕美純真的女兒們，他們處理的是一個殘酷的主題：特殊與普遍之間的背反（Antinomie），我們這樣的每日在社會中被困住的卑微存在，受自然與因果的條件綁住，只能聽從原始欲望（性欲或殺欲或任何使他人痛苦的欲望）；而那些女兒神們，是純粹而脫離特殊的存在物，證明了「依照自然法則的因果律並非唯一世界表象所由來的法則」（康德語），她們證

明了決定世界運作的還有自由。而殺少女者，奪取了那樣的自由，如〈襲人〉一章中憑藉權柄將女孩玩過即棄的劇團老闆，「她知道從此她被這人世玷汙了」，殺少女者證明了世界不依照那樣的美麗溫婉運作，而始終在暴力性的法則裡被建構起來，脫離於此世之外的那些平行的世界，最終要被玷汙、收編、同化──或者用駱以軍的話：規訓、支解、弄碎、捏毀、遺棄……。

〈公主〉一章所書寫的在權力鬥爭下殘殺無數少女的「公主案」，正是透過殺害，建立這個世界的法則。我們或者都生活在「那些廢棄少女機器人的攪碎機裡」，我們容不得自然與自由的背反。「如果可以從這小房子出去，不是困在這裡面就好了」（〈紅包場〉），而我們的宿命是，我們都出不去，我們也要女兒們困在這裡。這是兩個平行世界的敵我之爭，女兒們必須被「正常化」。或者如書中不斷出現的「全面啟動」比喻，夢境吞噬了其他層次的夢境。可是，到底哪一個世界、哪一層夢境才是失常的呢？

遺棄

在殺害之外，還有遺棄。書中〈宙斯〉一章，初讀覺得突兀。說的是一隻名叫宙斯的黑狗，與其他的狗，與其他動物，遭到人類遺棄的故事。為什麼這本敘述「女兒」的小說插入了這麼一章人如何絕情對待動物的故事？再讀已不覺突兀，這本書說的不正是遺棄嗎？「一種純然的愛與信任所必然邀請的遺棄」。

我們要嘛殺害她們，要嘛遺棄她們，這兩種不同方向的暴力（毀滅、或者排除），被用以處理人類建立的關係連結。〈斬蛇〉一章主題便是遺棄：山上的無主亂葬崗裡遊走的孤魂；抗日戰爭中被部隊遺棄的、因為自己也背棄與蛇王約定的術士同僚；被父親與後母遺棄於馬祖的軍人之女……。

我們將某些人（或者流浪狗）丟棄在一個更糟的世界，任由崩壞。又或者我們把他們從一個更好的世界拉過來加以殘殺。為什麼我們擁有這樣的權力？為什麼我們必須這麼做？為了維繫建立一個我群的世界，我們竟能如此殘酷，濫用那些愛與信任嗎？正如書中引用的奧茲（Joyce Carol Oates）短篇，一對平庸的夫婦如何施虐於艾蜜莉・狄金生的複製機器人，他們弄混了「擁有另一個人」的邊界（〈那一夜I〉）。這個世界正是以遺棄或者殺害的方式，塗抹了那個邊界。

遺棄，是什麼樣的關係？是一種相反於「歸屬」的狀態。我不能不想起《聖經・以賽亞書》的名句，上帝對雅各說：「你不要懼怕，我已救贖了你！我曾以你的名召喚你，你是屬於我的！」（Fürchte dich nicht, ich habe dich befreit! Ich habe dich bei deinem Namen gerufen, du gehörst mir!）（Jesaja 43,1）歸屬，也是給予名字，如同「我」給予了那隻黑狗宙斯之名，從召喚它那一刻起，我們建立了「你屬於我」的關係；而遺棄，則中斷了這樣的關係，我不再召喚你的名字，你被我遺忘於我的世界之外，如同《神隱少女》裡的失其名字的白龍，其實也是另一個背負著被遺棄宿命的、在邊界彼處逐漸身影透明的流浪者。

《女兒》就這樣構築了一個巨大的悲劇，與聖經允諾的救贖完全相反的悲劇：不能被救贖。那些被遺棄的女兒們（廢棄的女兒機器人們……），最終只能在殘酷的現世中被殺害或被遺忘，她們終將放棄其自由，成為這個世界的一部分。「她們變成怪物，變成流浪婦，形容枯槁，喃喃說著人們聽不懂的晦澀詩句（「父啊，為何將我遺棄」）」……（〈雙面維若尼卡〉）。

幸福

可是，真無救贖的可能？畢竟，藍鬍子傳說的結尾，少女以殺害制止了殺害哪。作家費迪南・馮・席拉赫（Ferdinand von Schirach）在《罪

行》（*Verbrechen*）中的一篇短篇小說〈幸福〉（Glück）（後改編為同名電影），說了一個來自前南斯拉夫少女伊莉娜的故事。伊莉娜是個同時承受遺棄與殺害之宿命的少女，在戰爭中全家被軍人殺害，她被輪暴，最後偷渡到了柏林靠著賣淫存活。她對世界充滿恨意，對人生並無寄望，直到在街頭遇見遊民卡勒為止。兩人都是被社會排除之人，但是試著重建其幸福。某日，伊莉娜的顧客在性交易中心臟麻痺死亡，不知所措的她逃離現場，之後返家的卡勒以為伊莉娜真的下了殺手，為了保護自己的女友，茹素怕血的他，拿著電動廚刀，在浴缸裡將屍體分卸，騎著腳踏車將淌血的屍塊運到了市立公園埋藏……。最後兩人均無罪，伊莉娜以難民身分留在德國。

這不是一個殺少女者的小說，反而是逆轉殺少女者的暴力。也許我們會以各種力量將女兒們拖曳入其宿命中，讓她們成為可憎的婦人，然而在某個時刻，某種 Glück（德文同時意指幸運及幸福）也會驅動某種反向的暴力，解開其宿命，也許再也回不去原來的世界，但是也許能在這個世界裡找到安身的縫隙。

《女兒》中散發著對一個美好世界的鄉愁，對於尚未被遺棄的世界的想望，那是個女兒神們仍未成為欲望與力量玷汙對象的世界。Nostalgia，一個來自希臘字 nóstos（歸鄉）與 álgos（痛苦）的字，說明了鄉愁的意義：在這個世界受到極大的痛苦，想回到原來的家園。可是，在我們真的無家可歸的時候，卻只能承受痛苦嗎？女兒們，其實也有著救贖的力量。伊莉娜在街頭將卡勒救贖出來，在他失去愛犬時緊抱著他痛哭，在他即將放棄自己時拉住了他，也才拯救了自己。而〈雙面維若尼卡〉中夫問妻，倘若有一天他壞掉了，靈魂變得冰冷殘酷，則將如何，妻答道：

「無論你變形成什麼醜惡、魔怪的臉貌，無論你被綁到怎樣的無間

地獄，我都會去找回你，將你修補、療癒。」

　　這是《聖經‧以賽亞書》裡神的能力哪，「你不要懼怕，我已救贖了你，我曾以你的名召喚你，你是屬於我的」，女兒以其救贖創造了歸屬，正是有這樣在絕望中修補希望的「神性」，即使再無法歸家了，即使無法逆轉這個世界的暴力，女兒們能夠療癒他人痛苦，最後也治癒自己，在此世中安置那個被遺棄、被殘殺的自己。

　　女兒們，也許妳們會被遺棄，但「絕不要習慣被遺棄」（〈宙斯〉），總是存在某個幸福（也許是幸運）的時刻。閱讀這本小說，總是讓我想起一個德文字：Wehmut，其意義是：一種對於逝去之物的憂傷與惆悵。然而這個字卻是由Weh（痛楚）與Mut（勇氣）共構而成。《女兒》裡對於女兒紀元的終結、女兒性這種如此純淨之物的瓦解，散發著這樣揮之不去的惆悵傷痛。但我總想，對逝去之物及家園無存的憂傷中，不會只有痛楚，應該也能生出勇氣吧。

蔡慶樺

閱讀者及寫作者，思考的
資源來自日爾曼語言、思
想、文化、歷史、文學。

小說是艱難的生死之辯

駱以軍 vs. 莊瑞琳（衛城出版總編輯）

日期：2017.08.24 15:00~18:00

地點：淡水 有河 Book

現場記錄：李映昕

莊瑞琳　先從你是一個怎樣的讀者開始問起好了，我看你的書，包含了很多你的閱讀經驗，覺得你是一個很熱情、博學、雜食的讀者，所以我想知道，你覺得你是怎樣的一個閱讀者？

駱以軍　我這三年，是一個崩壞的狀況。連著每年都生場大病。我很討厭有人會因為生了一場大病，好像就突然得到了靈光，了悟生命。但我的病蠻怪的，我明年要在麥田出版的一本書，本來叫「破雞雞超人」，書名後來改為《匡超人》。我去年二、三月的時間，就是雞雞那邊破了一個洞，不知道怎麼搞的。今年這個心臟的病，我覺得在三月那時候，自己感到有可能是陽壽已盡。所以如果是在三年之前，我被問這個問題，我可能會很飽滿，我覺得我像是一個很純真地參觀動物園的小孩的那樣的讀者。我不是一個早慧的人，可能在上大學之前我是一個小流氓。後來在陽明山（按：文化大學中文系時期）的時候，我就像一個食字獸，並沒有一個體系，也沒有碰到一個比較系統性的導師，告訴我西洋文學史該怎麼進去。所以其實當時是依附在解嚴與九〇年代。

印象中，那時候在陽明山，學長他們也不是創作者，但學生宿舍裡面都會有書櫃，放的幾乎都是志文的書，當時有訂《聯合文學》，可能也有張愛玲的書，不同的學長學姐同學，那時大家都只有二十歲。回想起來，我不覺得宿舍裡面有這些書的人，後來有變成文學的人，不覺得他們有繼續再閱讀。就像大家現在排隊買 iPhone，當時青年人的宿舍裡面都會有一個書櫃，不一定很大，但就

是有一個書櫃。當時學生宿舍就像是牯嶺街。我也不知道是在拼讀哪一塊，就只能抄讀，因為我沒有一個體系，根本不懂。很多書我很後來，甚至到四十幾歲才知道放置的位置。當然年紀愈大，處理書跟書之間，轉魔術方塊就愈來愈容易。但二十到三十歲的時候，我幾乎就是在一個段落一個段落裡面。所以如果做為讀者，我可能是一個還沒有程式語言的電腦，全是亂碼的那種。後來從文大畢業，去北藝大戲劇念研究所，遇到陳芳英老師，她開始叫我讀一些理論，我就很焦慮，那只是入門理論，但那時候就寫不出東西，我花了很長的時間吃這些字，很慢，我幾乎要到大三，才感覺我可以寫一個短篇。

莊瑞琳　你常說你高中是一個混混，你是什麼時候覺得，書對你來講，或者讀小說這件事對你產生影響？

駱以軍　那時候幾乎所有八〇年代的日本漫畫，都有一種勵志運動員題材，比如《好小子》，他就是一個人渣，還有比較笨拙的《足球旋風兒》《橄欖球之鷹》，我大學之後才有《灌籃高手》。這些跑到臺灣租書店的日本漫畫，都有一個男主角是爛咖、挫敗者，但他會設計出一種很奇怪的自我訓練，比如好小子練自己的箭法，或者對著雨滴練拳術。我在流氓的過程，是跟哥們一些七逃仔在鬼混，混冰宮，也跟人家打架抽菸。但我那時候遇到兩個人，我遇到一個教練，後來我才發現他要詐騙我，他叫我買一個冰靴，我那時候技術是玩球刀，有點像是飆車族，就欺負那些不會溜的，耍那些妹。但教練就叫我參加他的冰團，買冰靴，當時候要六千多元，教我一些很基本的動作，非常沉悶，手要做出花式的，我都在冰宮關門前練。另外一個很流氓的哥們，玩電吉他，把很多妹，我跟他走到臺電大樓對面有一家怪怪的吉他店，裡面有一個中年人，彈古典吉他，彈〈望春風〉，就超強的！我整個佩服到不得了。他就說他願意免費教我，叫我練吉他，不要跟朋友亂搞，後來我大概去了兩個月就不敢去了，那兩個月他就一直罵我，覺得我讓他失望。我性格裡面有運動員，包括花式溜冰也要成為比較厲害，就

花很長時間在基本動作，打橄欖球也是。其實這幾件事我都缺乏天賦。我那時候還在永和家裡的閣樓，貼一張我的女神，華裔花式溜冰陳婷婷的照片，幻想要成為花式溜冰高手。吉他後來也不行，因為我手指頭太短，要很大才可以壓弦。運動神經也不好，距離成為頂尖的天賦，在某個階段你就知道你差人家很多。但我在高中不是一個想要專心混流氓的人，只是身邊的人拉我去，後來我闖禍出了事，我爸是很傳統的外省人，就很憤怒羞辱。我高三的時候，說來羞恥，就是看三毛的書，覺得好感動，也有看《梵谷傳》，但我根本不會畫畫。後來又看了張愛玲。剛開始我完全沒有接觸到西方的小說，因為我爸是中文系的，我暑假就讀了很多魯迅、蕭紅，臺灣那時才剛解嚴，是一些地下出版社出版這些三〇年代的書，書是繁體字，但都是老舍、沈從文。我也去參加文藝營。當時張大春最紅，講魔幻現實，九〇年代初還有蔡源煌，小說那時很奇怪，就是現在的周杰倫吧，很主流很紅。你會看到文藝營很多醫學院學生很菁英，文藝營同寢室的傢伙，不知道是什麼醫學院校刊社，就跟我講一大堆魔幻寫實、後設，我都聽不懂。（笑）後來我去了文大，張大春在那邊教書，但他也不是告訴我們一個體系，那時候我們班同學可能是遇到他一生最用功的時候，他跟羅智成、楊澤都才三十出頭，是最用功、最是創作者的狀態。他上課會說誰沒唸書就出去，我就很緊張，因為他上課都會點我。如果他開艾可的書，我就會把艾可其他的書全部吃下來。我記得我在讀《玫瑰的名字》時，還照著書畫整個修道院結構。所以我自己，很像我一個哥們，他就很想練武術，去國術組跟著練，其實國術組還是有一些不是正統的拳術，像臺灣的膏藥店、接骨的、耍關刀，是無法進入世界武術比賽的項目，我整個可能就是這種狀態。可能比起童偉格或黃錦樹，我自己後來的根底，很像是珊瑚，調度幾千隻小珊瑚結出一個形狀來，很多東西是雜混不清的。

莊瑞琳　　你當時為什麼會想要轉中文系？

40

駱以軍　那樣一個十七、十八歲的小孩，沒有人告訴你社會或世界的運轉是怎樣。當時考森林系是因為第四類組，不用考物理，我就覺得這一定比較好考，森林系一定就是整天在森林裡寫作。我當時已經進入到閱讀中，對上課完全不耐煩，考試都考葉序，很瑣碎，以前生物還會講到DNA演化，比較好玩，但森林系很像圖書館系，在做檔案分類，我後來就離開了。我幻想轉外文系，但我英文太爛，後來就轉文藝組。我那時候一個哥們從電機系轉文藝組，系主任問他說，你的微積分，如果不上課就零分，為什麼會考三分？哥們就唬爛說因為覺得自己對文學創作是真心的。系主任還說，我們文藝組可不是垃圾桶喔，我只好說，我對文學也是真心的，有使命感。（笑）老實說念什麼，對那時候的我沒什麼差別。大一冬天我就開始在K杜思妥也夫斯基，（問：哪一本？）全部啊。那個冬天就好像內化了，我躲在山裡的宿舍，我以前有寫過，比如說讀太宰治《人間失格》，我覺得當時真的是一個完美讀者，看完我就跑到山裡面，下大雨，我就一直走一直走，很瘋狂，在山裡面一直走，掏菸出來抽，但菸都爛掉了。長大後我才知道，我那時候會不會是憂鬱症。每到冬天我就感受到，我的靈魂特別通靈的感覺。尤其讀杜思妥也夫斯基。但你根本沒有一整套對歐洲歷史或其他小說家的理解，那時候很像在讀武俠小說。就像哈日族根本沒有去過日本高校，但他內在是這樣建立的。那時候書基本上都是抄讀的，現在回想起來很像是《香水》徐四金，透過某種魔鬼的技術，內化成自己的。還有川端康成，我當時躲在文大圖書館的一個陽臺，很像城堡，我就搬個椅子在那邊抽菸一邊抄。有些比較有名的，或者現在看來不OK的，比如《淺草紅團》，但每一篇我都抄得很仔細。卡夫卡我也抄，但我抄的過程沒有理解，後來遇到童偉格，遇到對手，剛好字母會那時要談卡夫卡，彷彿一百年後又要重讀。《城堡》我在不同時期抄讀了好幾遍，後來發現情節我都記得好清楚。

莊瑞琳　那時候你為什麼會覺得需要抄讀？

駱以軍　我整個青少年時期就是過動兒，不知道算不算閱讀障礙，但我高中沒有在讀書，就是在浪費時間，五分鐘看一次錶，把時間打發掉，也不會聽老師在講什麼，完全茫在那邊。等到大學，因為有運動員的認知，我真的對西方現代小說的認知完全是運動員式的，我不覺得寫作可以完全靠文青或才氣，我覺得它就是一個運動，但也沒有人教我，所以我的方式就很像膏藥店，臺灣那種練功。那麼龐大的書單我完全讀不懂，比如佛洛伊德，我完全不知道他在講什麼，我沒有概念化的天賦，我覺得我沒有能力，如果遇到一個有趣的老師開課告訴我，很容易就可以爬梳好，但當時沒有。連《憂鬱的熱帶》，我都只是在抄，抄完也就忘了。

莊瑞琳　你有算過抄過多少本書嗎？

駱以軍　從二十歲到至少三十六、七歲，閱讀都是抄啊。後來黃錦樹推薦我讀奈波爾，我也是抄。大概三十五歲以後，尤其這幾年就沒有了。但年輕時抄書是真正在閱讀，現在的抄比較像是在靜心。

莊瑞琳　那你一天要寫多少字？

駱以軍　不知道，而且我都是抄在稿紙背面，寫作也寫在稿紙背面。很多年來我都遇到年輕人問我，因為現在都是電腦閱讀，我還是勸他們抄，因為抄就好像是你跟它有一個關係，就是純粹的閱讀，除了眼球、視網膜到大腦的運算，還有一種身體的進入。

莊瑞琳　你還記得寫第一篇創作時的情況嗎？

駱以軍　我那時候考上文大，文學都是讀魯迅啊，也讀了一本夏志清，發現書櫃有蕭紅

啊就是看。但到了文藝營，那些傢伙講的都是西方，是張大春他們那時候講的魔幻寫實。我那時寫了一篇作品去參加文藝營比賽，初選就被打槍退掉，但那個老師寫了滿滿紅字，他說你營造氣氛很好，但基本上這不是小說，這是一個鬼故事。（笑）後來寫了一篇參加全國學生文藝獎（按：一九八九年），得佳作，我當時很幹，小心眼，看第一名的作品想說這什麼爛東西，但仔細想我的東西也很爛。那篇作品叫〈蟑螂〉，我媽是養女，我寫我阿嬤虐待我媽的故事。我現在看年輕人寫文學獎，很厲害啊，為什麼要說不好，他們也一樣二十幾歲而已。

莊瑞琳　　那你寫作的工具有改變嗎？

駱以軍　　最大的改變就是這幾年。寫小說還是手寫，但專欄現在會用打字。真正的創作還是從我的身體變成文字，我還是沒有真正轉到打字。

莊瑞琳　　但你寫作場所跟時間是不是有改變？

駱以軍　　改變就是變非常少啊，就是一個衰弱。不只這三年生病，我在寫《女兒》時就感覺到了。我還是很喜歡《女兒》，也對得起這本書，但一個頂級運動員在掌控全局，需要全部肌肉的使用，我自己感覺到力不從心了。寫《女兒》比《西夏旅館》感覺辛苦很多，要擠出新的東西很辛苦，更別說《女兒》之後。因為我的狀況不是可以很安靜很安定，長期就是需要養家，很幸運的是二〇一四年以前寫《壹週刊》專欄是可以的，但後來停掉。生病也跟這個有關，因為收入突然沒了，就要出去接演講，演講一多都沒辦法寫，自己很焦慮沮喪。我一個月幾乎講十場演講，賺不到五萬塊，錢很少，而且演講好像一直在重複講幾組故事。二〇一五年我開始接大陸與香港的專欄，寫專欄很損耗，一個禮拜又只有寫一千字，《壹週刊》專欄長度在兩千五百字左右，至少是短的素描練習。這對我來說就是一種崩解。我年輕時候就有這種迷信，西方最厲害的小說家跟

NBA最好的球員，你知道當年紀一到，那種快速宰制全局的天賦，不可思議的天賦，就是在下滑。你看到西方這些大小說家最重要的作品，高峰就是三十五到四十五歲，那其實我早就結束了。所以我現在是想辦法哄騙自己說，如果可以再多活十年，那就……

臺灣的狀況很奇怪，跟西方幾個心儀的大名字相比，你會覺得自己浪費了很多的黃金時光跟天賦，像馬奎斯他們就是很清楚，很規律地在寫作，甚至中國大陸王安憶他們還可以做這樣的事情，但臺灣因為環境變化非常快，尤其我，應該算是最能夠狡猾喇賽生存的人了，我都會有遺憾，雖然已過了高峰，但比起二十歲時很純粹的想像，自己到這個年紀，好像還少了兩到三本，到墳墓裡去很安心的長篇。年輕的狀態好，其實就是身體好，那時早上開車把老婆小孩帶到臺北，老婆把我丟在臺大對面有一家西雅圖咖啡，裡面可以抽菸，我從九點在那邊讀書寫稿，中午很多上班族很吵，我就帶耳塞，到了下午一點，服務員可能賭爛我，可能我在空間裡也疲憊了，就換到溫州街的咖啡店。沒生小孩之前，一天至少有十小時在閱讀或寫作，在咖啡屋可以幾乎泡到八個小時。即便照顧小孩，最後回到三樓違建的鐵皮閣樓，晚上還可以再看書。那個狀態一直到我在愛荷華或者出《西夏旅館》都沒有中斷。但西夏之後，有幾年我會出現一種，我覺得是執著或欲望，會想說我應該要再有下一本，要離開西夏，我還是覺得我做這樣的選擇或認知是對的，下一個應該要是重新集結。但沒有一個教練來告訴我……大概那時候就沾上網路，就中毒了，這樣說來也不只五、六年了。我以前完全沒有電腦，到四十多歲還不會打字，用電腦頂多打《三國志》。大概我從二○一一年開始沾到電腦，玩臉書，幾乎會在上面混，但我也沒覺得有那麼不好。我以前是壞學生，對中國歷史不瞭解，但前幾年就會看《邏輯思維》。現在的閱讀狀況就很壞，我後來比較沒有去咖啡屋，還是有，但身體變壞，睡眠的問題也跟掛網有關，會掛到四點五點，睡不著吃安眠藥，這幾年都這樣，到十二點才起來，去咖啡屋也好，找小旅館也好，每天讀書寫作的時間只剩下四小時。但我沒有那麼否定掛網，因為我還是有得到很多知識，維基百科啊，

你看到什麼會去wiki。但跟沒有碰電腦之前的我，現在有點像是退休或轉行的感覺。

莊瑞琳　如果沒有這些掛網經驗，也很難寫《女兒》吧？因為裡面有很多網路的辯證。

駱以軍　《女兒》的時候還好，《女兒》還有一點是聽〔別人的〕故事。但明年出版的「破雞雞超人」，就是寫我在網路上看吳宗憲的節目，因為我家沒電視。小孩半夜會聽到我在看節目自己一直笑，去年我看到徐乃麟一個整人節目，很好笑，還推薦給陳雪……

莊瑞琳　你覺得這種頂級運動員的衰弱，會不會跟同代人的狀態有關係？比如說看到黃錦樹或董啟章的作品，就會覺得我要跟你拚了。

駱以軍　我比較沒有那麼鎖死，反而我現在的心情是，同代人應該圍繞著童偉格去建構。我覺得這裡面有很多本土派跟臺北外省掛的辯證，但我覺得上一輩把手伸進來的時候，他們對小說這件事的知識準備並不那麼夠。我們現在談的現代小說是帝國概念的產物，非常耗費資源，包括人才形成，這個頂尖運動員一定要是很嚴格的領域建構出來的。這個人被推選出來，可以推到什麼樣的難度跟景觀，我覺得小說是放在帝國的規格裡面進行。我看到大陸，會覺得臺灣童偉格這一代，也因為持續的低迷跟挫折，很擔心在他之後的小說創作者沒有演化的條件。可能臺灣確實沒有帝國的規格，它就是一個奇異的，多出來的時空。你會很清楚知道，我們這一批絕對都是進入頂級運動員的衰老期，但我就是比你大十歲，社會資源比你多，或者我只要不死，一定會得國家文藝獎，拍《在島嶼寫作》，因為人就這麼少。（笑）不過我心裡很清楚，臺灣要進入世界文學的機會是很少的。這種國家概念的小說核心高度的建構，有太多不夠專業的、江湖的、輩分操作的笨重，我們社會太多資源在重複某些經典的投注了，很多並沒在創作

專注的人卻掌握極大比重的資源，三、四十歲這一批的創作者其實充滿實驗的可能，卻都處在貧窮線。某部分來說，我很幸福我的同代有黃錦樹，有董啟章，這確實內心有競爭意識，但也很幸福，和童偉格這個小說家有點重疊到。當你是在場上激烈打球的球員，跟你做為一個幸福的觀眾、球評，或有一天老了當教練，那是完全不同的心理狀態。可能我是牡羊座的，我覺得我的性子蠻像漩渦鳴人，我很喜歡哥們大家一起飆最強的狀態。

莊瑞琳　剛剛在講一些困境，你經常在作品中提到自己的世代恐怕是無經驗之人，或者是身處戰爭之後的太平盛世，屬經驗匱乏的世代，這個跟班雅明一九三六年〈說故事的人〉當中提到的很相近卻又不太一樣，班雅明描述到，比如一戰後復員的士兵內縮，經驗欠缺交流。我不太知道你怎麼去看所謂經驗匱乏，應該還是有一個繼承的問題，那如果經驗匱乏要怎麼創作？

駱以軍　某些部分來講，我這個說法可能就是從班雅明來的。他這種談法，恰好可以形成一種時間上的姿態，班雅明確實就是形成一個可能是手工的、歐洲的、十九世紀文明的狀態。正如臺灣很多人後來會去讀《陶庵夢憶》，曾經在宋朝有一個文明，講究每一個細節的感受，每件事都有神靈存在。到我這一代還好，我這一代還可以變成所謂電視兒童，我現在耗在裡面的電腦跟網路世代，又是完全不同的人類。有人把網路比喻成哥倫布的大航海時代，這些大航海時代的人改變了原來的世界秩序，整個世界秩序建立在新大陸的出現，以及非洲或阿拉伯，才會有現代。所以很多早就移民到網路上，包括商業人士、知識的掌握與公民議題，他們已經是新移民了。我是屬於那種沒有要移民，可是糊里糊塗就跑過來，來了以後也沒有理解這個世界。如果用這樣來講，經驗匱乏者不該是一個比較態吧。我覺得班雅明是一個從一而終的，可能他剛好就死在那個年紀，本身就成為一個標本，他的眼球成為一個十九世紀，二戰前歐洲該有的人文教養，包括歐洲所有的報紙、劇院，所有的天才，這些突然在班雅明肉身在的時候，

就核爆了，就沒有了，就班雅明來說就是世界末日。

我後來迷上古董，看了很多大陸的鑑寶節目，非常精采，讓人著迷。那些定窯啊、耀州窯啊、元青花啊、永宣青花啊、成化鬥彩啊、清三代官窯啊、光緒仿康熙粉彩啊，甚至到民國的珠山八友粉彩瓷畫，那個知識的展開讓人如癡如醉，那麼地美。但我就在想，現在這個中華帝國，好像其實不需要新的文學創作，對世界的知識可以封鎖屏蔽，只要有一群人不斷找出宋代的、清三代的青花瓷，講翠毛藍、糯米胎，甚至到袁世凱，就可以形成一個比蔡康永的讀書節目還要好看的東西，不同文人帶瓷器來辯證裡面的知識系統。這個帝國只要把一千多年的歷史實物一直翻撥開來看，他們可以安然度過思想控制，沒有新的知識分子也不會崩潰。我看的過程覺得超飽滿的，心靈得到超多，這不是諷刺。但內心覺得很怪，感覺我們，我從二十歲那麼努力，現在五十歲了，所動員的小說，以西方現代小說為乳汁，結果成了孤兒、鬼魂、畸零者、口吃者。現在這種文明的形構，其實讓人不安。

——中場休息——

莊瑞琳　還是回到剛剛的問題，現在你不會再去用經驗匱乏或者無經驗的世代來解釋？或許那只是之前相較於你父親那一代的經驗所有的感觸？

駱以軍　對，當然，我覺得它是一種談法。我在三十七、八歲的時候，會充滿一種感情，你總覺得你現有的、活在的此刻，有許多東西像是沙畫，朝花夕拾，這一切都是塑料，即溶，都是快可立。但如果我這一次死掉，面對我生命的最後十年，或者我又多活了幾十年，那個感受是百感交集。可以說很多經驗在生成，跟經驗再找尋另外經驗之間的嫁接、辯證，我沒有那麼覺得是匱乏。我不曉得，因為我後來不小心跑到網路世界，我覺得網路世界真的是很無止盡的。我一個中年人，透過網路，不費力地看了許多大量資訊，一些二戰歷史的紀錄片，包括

太平洋海戰，美軍和日軍不同的跳島戰役；包括德軍和俄軍的列寧格勒和史達林格勒圍城戰；包括國共戰爭的東北戰役、淮海戰役；包括我以前年輕時無知的中國歷代史；包括寫《女兒》時讀的量子力學延伸的各種維基百科；我也是在 Netflix 上看了包括《黑鏡》、《毒梟》這些超屌的影集，一些超屌的紀錄片。包括我近兩年讀《金瓶梅》、《儒林外史》、《陶庵夢憶》，都是在網路讀電子書。這種經驗的記憶體排序和大腦的儲存建立檔案方式，一定和我父親那輩人或我的前半生，在一個祕密電流竄閃的倉庫，是完全不同的藏納和提取形式。「經驗」這件事的框格、材質、次元，全部是完全不同了。所以現今要寫《紅樓夢》或《追憶逝水年華》，可能必然會變科幻小說。但大江在《換取的孩子》裡就用這個童話故事隱喻，可能也許我們現在這個世界，所有大腦神經元突觸感受到的，每一天，每一刻，那所有的激爽、震撼、哀痛、憤怒、恐怖，都只是朝花夕拾，只是「冰雕的嬰孩」，被地底的小嬰孩偷換過的無數贗品，被偷換過了。我們是不是有意識，一邊眼瞳爆炸地感知每天發生的訊息流，但同時有知覺那一切只是亂數跳換的，無法成為經驗的無限大量的「經驗的前沿」，「還未受精的單套絲狀物」，做為一個受體，光描繪「經驗」這件事，就是一不能承受之重。

莊瑞琳　班雅明說那可能是一個說故事的技藝或藝術的消失，換到現在來講，你的答案不會跟他一樣？說故事的世代或者聽故事這件事，是一個走下坡的情況嗎？

駱以軍　（沉思）我不曉得耶（笑）（沉思）。這可能就是字母會存在的原因。可能這整套訓練，這整套修行，已經跟故事脫離開了，但又不是這樣講，比如說為什麼我還是那麼喜歡波拉尼奧，這樣的小說家很像印第安武士，全身掛滿砍下的頭顱，他真的是身體力行，我相信那不是他虛構的，他就是長期在蒐集，《荒野偵探》裡有那麼多人講的話，他的人物形象不是寫那些鄉下的，比如說中國大陸寫工人，或者形象化的觀看，很混亂的車站某一個賣彩券的，不是，他每一個人都充滿想法，或是我們這樣的人，有創作者或知識分子，有俄羅斯人，就是某種

主義的信仰者，某一次暴力鎮壓的倖存者，各式各樣的人。他是怎麼去想好我要做成這本書，我要把這些人記錄下來。可是他只是記錄嗎？好像每個又是故事。我覺得這是一個難度非常難非常難的……我覺得我來回答你這個問題，好像我是第一手、第一線捕魚的人，確實比起同輩，可能因為生活所逼，寫《壹週刊》專欄，所以我有一個短單元類的，捕撈故事的過程，但是我覺得，我怕我理不清楚……班雅明有沒有寫過小說？（答：沒有。）他有點像楊凱麟，他的話語會形成一個氛圍，那個小說就在不遠的地方，那個東西不應該存在，但它比起現在既有的作品都要更神祕。我覺得班雅明本身應該有一個很強大的猶太教的一個靈物，啟明，隱藏在內在的一些疑惑，他有一整個森林吧。在現代，班雅明很厭惡包括攝影，包括他所謂在街上走的都是鬼，都是屍體。但我們已經活在這個世界之後的一百年，我覺得有很多資產，包括卡夫卡、納博科夫、傅柯，法國對小說的激進運動，可能在班雅明之後的二十世紀，他們就是用他們的才智，對應古典滅絕掉的，或者是古典活在那裡，但靈光不見了，現代小說發展出很多這樣的操作方式，這個方式不該被用所謂的故事滅絕來形容。因為就是沒有一個純潔的故事，沒有一個不卡夫卡的故事，不可能，我甚至覺得在臺灣後面的創作者，沒有一個不童偉格的故事。你已經被強姦了，被挖掉了，你吃了很多化工的毒，你已經在全球化的體系裡面，你的古典時間，古典的自我感，就已經被細細扯裂了。西方這些偉大的小說家，他就是在告訴你，他是我們這一國的，他在對抗的就是這個異化，或是比暴力還要更遮掩的邪惡，這些邪惡無所不在。

我後來很認真看《儒林外史》或《金瓶梅》，我如果是活在明朝的人，我覺得這樣非常厲害，用多焦點的方式，表現這些人話語的無力、空洞，可是又架到一個利益交換與生活狀態的形成。我還是不理解，畢竟我不是從小讀這個，啟蒙時候讀的是比如說川端、三島，他其實是教你把感官極致地放大，而且沒有盡頭，他沒有故事，他就是感官，無止盡地吐出來。這個作家就像一個性奴，把你的這個感覺一直吐出來。我覺得國外有這些小說家在給予我們這些。比如說

大江健三郎寫信給葛拉斯、巴加斯‧略薩、薩伊德，還有蘇珊‧桑塔格（按：收在《大江健三郎自選隨筆集》），我覺得他很意圖，就這一代的，地球的不同（國家）的子民，我們來談談戰爭這件事的真實與感受。比如黃崇凱這次《文藝春秋》寫〈遲到的青年〉，戰爭的債務或者是戰爭的資產，到了我們這代，還有沒有人有能力去承接，我現在看到童偉格跟黃崇凱在承接這件事。你說故事，不去處理為什麼你是六個手指頭，為什麼你有鱗片，為什麼你是色盲，你不去發動這件事情的話，確實就像班雅明講的，故事的衰亡。中國大陸有網路小說的知名度比莫言還高，但我看來就是亂碼，是網路世界在繁殖生長的亂碼。黃錦樹寫過一本小說，就是有一種軟體可以寫他的馬華小說，就是亂碼。我十年前很蔑視網路小說，後來這幾年在網路世界，我覺得它無止盡。在二十世紀一戰、二戰時期，土耳其、奧地利的小說家，或波赫士、普魯斯特，他們就是想用長篇建構一個網路，當代人在一個城市裡面發生的事情，今天發生什麼事件，所有人在一個將軍家在辯論，女人們的不同性格跟性欲、壓抑，她們之間的鬥爭，這些在網路世界每天都在發生。如果長篇的概念是全景，網路已經自動化了，已經完成了。

莊瑞琳　那這樣小說家要做什麼？

駱以軍　小說家要變成一個僧人，覺者，像童偉格。小說家要做的事情，就是字母會在做的事情。楊凱麟說的，就是判生死，是小乘佛教的那種修行，沒有任何抽象與教義的大辯證，而是回到古印度佛陀，從呼吸這件事就在掌握。你從發動一個小說的時間的幻覺，人物在其中，人之間，這基本上就已經是很艱難的生死之辯。它不是歡快的，我覺得我某個時期還是歡快地在竊取這些故事，我覺得波拉尼奧可能是更棒的配備，但他內在的戰爭廢墟的建構更龐大，他像行屍走肉去把這件事拼圖起來，可是他有一個清楚的意念，就是墨西哥人是什麼，或者是墨西哥民族的詛咒，整本是在拼這個拼圖。那小說家要做什麼，就等到下

下下集讓童偉格告訴我們。（笑）

莊瑞琳　你的作品竊取了很多社會事件，讀你二十年的作品可以拼出一個臺灣社會事件史，我感覺你會貼著社會的脈絡，運用跟偷了這些社會事件，感覺這是你社會參與的方式。我意識到這件事是因為你幫鐘聖雄拍了多元成家的照片，這是我第一次比較用不同角度來理解小說家。你也會去街友的尾牙，扮成很可愛的跳加官，這是你身體參與的方式，但你在寫作當中也不斷參與社會，你怎麼看小說家跟社會參與這件事？

駱以軍　如果有一個分界線，我反而覺得我是很不參與的那一塊。這不是故意的，我覺得我真的就是宅男，年輕的時候，身邊的朋友有在大學的時候就去參與野百合、當時的社會運動，也有參加女性主義的。我基本上都不是。我覺得是臉書，這三、四年我被臉書拉進這個狀態。以前沒有臉書這件事，你就是在遙遠的村莊做手工藝，要快速地串連邦迪亞上校的革命，距離很遙遠。所以也有所謂臉書是把文學給滅殺、瓦解了，人們在閱讀情感的當量變得很小，臉書可以在單元時間內跳躍一百多人現在此刻的想法，臉書的感受性不需要安安靜靜讀童偉格或黃崇凱的小說。讀書本來就是想要理解人類的狀態，但連我的閱讀習慣也被改變。臉書有太迫近的朋友，大家才感受到同溫層、同質性這件事。其實不只對我這一輩，太陽花是一個啟蒙運動，是新的材料在形成短暫、快速關係的共同體，所以裡面也會有語言跟關係暴力，脅迫你要不要加入我的正義，這都是這個世代要面對的，接下來要去讀更多書了。但至少我反而覺得這次是很妙的啟蒙運動，主要跟臉書有關。我自己比較認同的是動物的團體，可是身邊又有陳雪這些同志的需要，他們本來不是同一掛的，或者我被戴立忍抓去反核。我聽說當時二二八很多就是哥們被抓，就一起被抓去槍斃。（笑）我跟社會的參與，我覺得是非常弱化，這個弱化我覺得是一個物種形成當中很重要的過程。我後來搬離深坑來到臺北，被抓去喝酒，才會用一個觀察者的方式，是虛構，

但會想要試圖描述酒館裡面的……我並沒有覺得我跟社會……這也是楊澤在講我的，大家以為我臉書上很熱鬧，但楊澤覺得我太宅了，認為我活在這個城市連附近賣茶阿伯的故事都不知道。我自己已經形成一種惰性。網路有這種壞處，你以為你看到很多，但你沒有花時間。楊澤很特別，真的會去永康街跟一個店的老闆哈啦，他很像里長。楊澤說，你整天都在咖啡屋，大家都叫你駱哥，但他們在幹嘛你都不知道，你就坐在那邊寫你自己的。他說我的東西很搖滾，如果沒有更哲學性的思考，就很容易是短促的。比如我看吳宗憲的節目覺得很好看，他確實很有才華，找來各種人談生命最糗的事情，我可能有這種特質，有一種搖滾性格，剛好我在我的時代又是一個壞孩子，我不是典型文青，所以在各種領域的東西組合起來的時候，我有一種我的激爽。我可能根本應該是一個短篇小說家。最後弄成長篇，都是一種黃錦樹壓力及童偉格壓力，那個概念就是一個厲害的短篇就可以了，或者黃崇凱這樣，我可以寫一本短篇小說集，可以用一個長篇把它包裹起來的東西。

莊瑞琳　回頭來談《西夏旅館》。不只是這本書，有很多其他作品你都提到旅館，包括字母會的作品，你會去描述一個，或者就是城市裡面暫時停留的地方。不管你用旅館這個空間來形塑什麼主題，有可能是國族、歷史，或是個人不穩定的存在，我就在想為什麼你會不斷回到旅館這個狀態？

駱以軍　我自己也沒有這麼意識到，大約就是寫西夏的那段時間，剛好婚姻有些狀況，我那時候很喜歡去這種小旅館，還不是喜歡飯店。那時為了要找一個寫的地方，但不是那麼破爛，就很著迷臺灣的那種小旅館。我這陣子很迷壽山石，有次看到一篇文章，像我爸這些外省人，當時一百萬國民黨部隊，連公務人員、眷屬可能有兩百萬，可能是中國最現代化的大型遷移，中國很多時候都有大型的逃難潮，但這次是在短時間內，把大數量的人移動到臺灣來。我看到有一篇在講說，當時在福州，有一個很有傳統的雕刻店叫青芝田，幾代傳下來都是雕刻大

師，第三代陳可駱，我們不太知道這個名字，但原來是臺北在白色恐怖年代做雕刻的鼻祖。那時候國共內戰，生意很壞，有一個同鄉就跟他說，我們搭船到馬祖，島上有美軍，也許可以比較賺到錢，他就拿個箱子放二十塊壽山石，有各種顏色，大概有賣了一塊，第二天就海峽封鎖，臺海進入冷戰，一直到蔣經國解嚴。這個人非常衰，就提著箱子跑到吳明益小說的場景，當時的中華商場。其實一開始還沒蓋，四九年後有幾萬的外省人，這些人都不是公務員，是比較慘的老兵或逃兵，他們就沿著中華路的鐵路形成違建，貧民窟，後來拆掉了才有中華商場，陳可駱就在裡面。我覺得二十顆很像一千零一夜的故事，怎麼感覺會永遠拿不完。（笑）你知道這些外省逃過來的，就算是高層文人，他會帶自己的一些印鑑，不可能會帶很多石頭，但臺北從六〇到八〇年代，印石雕刻本來不應該是福州工，還是西門派，所以它在這邊很怪。後來石頭沒了，他有朋友在韓國，韓國當時七〇年代在炸馬路，炸到一種防火材料也是葉蠟石，比較好雕刻，運到高雄，他就整批買替代了壽山石，後來又用泰國石頭。師大附近的筆墨藝社，很奇怪的都是陳可駱的福州工。記憶裡我父親，在某個階段就會很著迷，要找方印老師弄個印才像個文人，可能都是因為陳可駱，所以臺北在印石這方面很奇特，是福州工。後來到二〇一〇年後，田黃、雞血石這些又全部被大陸人買走。你看那個關於個人或他的族的記憶，其實是在那些美麗的石頭上雕刻，但這些石頭是放在行李箱糊里糊塗流亡的。而這其實是二十世紀下半葉臺北的某一塊透明的蠟凍。

所以寫旅館，某些部分也不是故意，但這確實是外省第二代。很多外省第二代的話題，我還是比較動物性格的。至少我能處理的，我能夠把這個問題變成空間的表演，當時西夏大概就是這樣，剛開始沒有故意，後來就故意把旅館的部分架構出來。這是一個老話吧，因為這種非自然的，巨大的整批人遷徙，在短短半世紀兩代間，很難建立原鄉的穩定地圖，譬如馬奎斯的馬康多，童偉格的死靈魂們枯荒北海岸，我可能記得的，是我父親他們這樣的遷移者，手把手傳遞著他們來這異鄉之前的，一種變形的空間裡生存和說話的方式。譬如蘇偉貞

有本小說叫《旋轉門》，這書名和小說其實非常準。這是多出來的時光，或像艾可《波多里諾》那唬爛出來的空間。他基本上是虛空中搭橋建棧，有本質的虛構性。這於是非常像當時我所感受的「旅館」。但反過來說，我在西夏裡寫了一個圖尼可二號，其實是楊凱麟贈送的他父親和祖父的故事，事實上，我愈多聽一些本省前輩（包括我的牙醫）的故事，他們更像在歷史漂流木上伸爪抓著漂流的鬼魂。他們的成長過程，更有一種在不同旅館 check in，然後 check out 的困惑悲哀。

莊瑞琳　你在幾本書裡面都在處理外省第二代，四九年之後的移民，他們之後的生活，那個異鄉人的狀態，那個異鄉不是你自己真正的異鄉，你也寫過你根本就生在這裡，但你要繼承這種異鄉人的意識。

駱以軍　幾年前在中山大學有辦《西夏旅館》的研討會，我就很害怕黃錦樹要宰我，斬首，以一篇論文斬殺我整個西夏的虛妄幻影……（笑）當時我不能接受，現在我可以理解，小說基本上就是一個死亡之活，你知道你在倒數死亡，變成一種投注。對黃錦樹來講，也許光譜上，我離開天文天心或張大春，又更偏遠一點，所謂偏離不是真正外省人的感受而已，因為那個感受到我這一輩，外省第二代的感受，跑到別人家，或者你的國亡了，到我這代會比較像是隔了一層玻璃，比較抽象，比較沒有那麼多證據。但黃錦樹的馬華是真正的滅絕，所有關於這個種族的整幅時間的記載，是滅絕的。包括他建構的馬華，其實是馬華留臺文學史，現在連馬華那邊都要否證他。我三十出頭時，是黃錦樹介紹奈波爾給我，那真是開了眼，我全面進去讀奈波爾，還有魯西迪，大約就是那時期，那有一種你「之所以是怪咖」，是超出你的個人、一整代人能決定的，是大航海時期歐洲之外的文明被殖民、重創甚至拔根而起的結果。這部分以一個馬華背景的創作者來說，是肉身真正感受到的魂兮無所歸往。他有次說很羨慕我寫出《棄的故事》，我覺得寫得很爛，不是什麼好東西，但他可能覺得這個完美隱喻被我

竊取了。你要說外省掛的離散哀歌，陳可駱或者我父親的感受，我沒能力寫出來，可是老實講，外省掛跟馬華，外省掛還有一個掛，在很長時間，外省掛並不是真正的離散、時間感的死滅。它有一個很像南明小朝廷的內在時間感的盛裝流動。甚至以聶華苓來看，她也被捲入感受白色恐怖。以我來說，我只是因為無知，無所知，受到傷害。你可以說我的這種離散是後設學習，透過讀黃錦樹或他論述的馬華小說。

我有一個記憶。我媽有一個很要好的姊妹淘，家裡賣花生，因為她女兒後來過世，她很喜歡我老婆，認她做乾女兒。她的爸爸有一種他的憤怒，他是本省人，在那個年代念到師大中文畢業，後來在企業內部被鬥爭，有點憤世嫉俗。突然有一次他就跟我翻臉，說像你們這種外省人，我就受到很大的創傷。他受到傷害過，但我不知道，或者我可以說我爸不是兇手，但就看你要不要像葛拉斯的方式去處理，寫一個心靈史、傷害史，拉的高度要夠高。很多大小說家，處理的是傷害發生時真正要解構的事情，就看你要不要花上半輩子。很怪，我寫《月球姓氏》時，三十出頭，我小時候記得的，和我父親一起逃難的那些叔叔伯伯，所謂老外省，彷彿還在昨日，我很清楚記得他們聚在一起說話的氣味、形容、義氣，或是各自老家的故事。他們的小歷史。但可能包括我父親，後來他們都死滅了，這種憑著不很遠的記憶之描摹，對我而言，突然就消失不見了。這種異鄉人的荒謬滑稽感，可能確實要像我這樣第二代，但自己也有一定年紀後，才有足夠的時間感去追擊捕捉。這件事在小說的動員上，也有很大的故事資產的問題，你看我真是怎麼也寫不出我沒經歷的，不管是白先勇，張愛玲；或譬如楊凱麟、潘怡帆、顏忠賢他們這樣的本省大家族，由盛而衰的故事資產。

莊瑞琳　我很喜歡《西夏旅館》裡的選擇，展現你解構中國的方式。兩岸糾葛在中國意識裡面，你反而用兩個都不是中國的中國，一樣有一個現代政治上的戰爭狀態的隱喻。對我來說，我們如今到底要怎麼去處理中國，自己繼承了中國的什麼，我們又要否認它什麼？《西夏旅館》對我這一輩的本省人來說也是很有趣的脈

絡。在臺灣的所有族群恐怕都沒有辦法不去處理中國這個問題，我對書中寫的脫漢入胡這件事一直很感興趣。

駱以軍　當時我寫西夏，對中國大陸完全不瞭解，我寫的還是我父親，或者戴立忍父親的故事，我覺得那故事非常棒。我想的還是滅絕掉的西夏，是他們那代人的中華民國滅絕掉，但站在臺灣的立場，不會覺得臺灣滅絕掉。我明年那本「破雞雞超人」，裡面有一部分就是想寫「西遊」。我前些年去大陸，跑了一些城市，頗有一些漂浮的感受，臺灣人對中國大陸太不瞭解了。一九四九年至今的這個共和國，是知識分子思想封印，各種流行文化或網絡生態卻在一個前所未有金錢橫流的狀況。但如我這輩，可能真正精讀的小說只到莫言、王安憶、阿城、韓少功、李銳、余華、蘇童。當然這兩年還讀了比較厲害的劉震雲、閻連科、金宇澄，另外像劉慈欣的《三體》，也非常厲害。但之後的好像就不甚瞭解了。事實上中國大陸的文化人、社交圈、出版人，我感覺有一部分《儒林外史》的描寫還是有效的。很多時候，我遇到大陸人，想解釋臺灣小說「為什麼那麼難讀」，他們似乎只願意理解所謂「外省人」，但若要和他們解釋舞鶴、童偉格甚至黃錦樹，就非常艱難。臺灣小說有個非常強植的現代主義演化過程，我這代的戰後小說範本，幾乎全在西方小說、日本小說、世界其他國度小說中學習和自我辯證，是一個非常高門檻的養成。也許是歷史的錯綜複雜，譬如黃崇凱寫到的失語症，舞鶴的「悲傷」，童偉格的死亡時間的怪異摺疊，甘耀明的流浪漢傳奇，我的感覺，臺灣的頂尖小說家是在一個豆莢破開的狀態，和世界小說做一種記憶體的無外殼的自由流動。

「脫漢入胡」其實很悲傷，臺灣小說的中文現代主義實驗場，是像熱帶雨林的繁多物種，在不同西方小說生長的曠野上追尋。從王文興、陳映真、七等生、朱天文、舞鶴，到了我們這輩，小說的語言是在追求一種已被二十世紀的各種大創傷（包括大屠殺、戰爭、獨裁統治、殖民、離散、身分的錯亂），這些像金屬高速火車撞毀的感覺，似乎只有一直挪借西方理論來進行小說實驗的辯證。

這部分黃錦樹寫過很精采的論述。所謂的現代感覺，「到處存在的場所、到處不存在的我」，在網路發明前，臺灣的小說內部論戰，其實就是一個多聲音、多記憶的雜種。它是華文小說被移入喬埃斯、卡夫卡、吳爾芙、卡爾維諾、福克納……各種語言體，一種充滿歷史刀疤、燒烙，時間感知如此敏感、多維壓縮的一種「啟動故事之前、張口難說」的重金屬、核廢料、像Ｄ・Ｍ・湯瑪斯《白色旅店》，一個個完全不同記憶的猶太人，被屠殺後屍骸纍疊，互相滲融，被壓成土層，上面灌上水泥，再蓋上大旅館。但這裡，譬如黃錦樹、童偉格、賀景濱、陳淑瑤、賴香吟，之前的袁哲生、黃國峻，之後的黃崇凱、黃麗群，如果以樂器來說，真是差異性極大的不同設計。其實很難用民族國家式的圈畫來分類。但確實我很想跟年輕一輩說，要保持慈悲和願意同情理解。後來我讀金宇澄的《繁花》、格非的《春盡江南》乃至劉慈欣的科幻短篇，包括賈樟柯的《天注定》，那是讓人看了掉眼淚的作品，描述鴻海在大陸的工廠，那些生存維度何其單薄的鄉村移動打工青年，最後會去跳樓。其實他們是非常強大的「在其內」，處理改革開放後的劇變人心，類似柯慈《屈辱》那樣深沉的反思。共和國有它語境的有限，和所謂的晚清、明、宋的中國並不重疊。臺灣的年輕人要更理解。你的提問本身就是我最心底的話。我擔心的是他們也不願意理解更深沉心靈史的臺灣，而臺灣也不願意理解他們。

莊瑞琳　我們討論臺灣的存在不是只有講政治，而是在文學上我們反而保留了最正統的中文。你的滅絕有很多層次，不只有族群、政體，還有文明、文化。以你一個還是用繁體字寫作的小說家來說，你怎麼看我們現在文學的代表性還存不存在？

駱以軍　當然還存在啊，它是最棒的。

莊瑞琳　那這一脈會怎麼樣？

駱以軍　這一脈我覺得有點像壽山石。對我這輩外省人來說，當時很劇烈的變動，在四九年後影響了我父親的故事，他們那批都是這樣。後來我在youtube看瓷器的影片，會覺得時間再拉長沒有那麼特別。比如青花，青花是最中國的，宋代完全沒有青花，宋代審美是非常高的，是單色釉，可以在當中感受到溫潤跟生命的變化。但元明發展出的青花，後來才發現青花根本是伊斯蘭的，卷花紋跟伊斯蘭清真寺上面一樣，因為《古蘭經》規定祭祀阿拉的圖騰不能有動物跟人，所以讚頌神明全部都用植物花草。蒙古統治中國的時候，成吉思汗下面很多大臣是色目人。中國就是這樣一個文明，所謂元青花，根本是把伊斯蘭發展出來的圖案複製過來，連當時的鈷料蘇麻離青也是從波斯進口。但中國突然發現它可以燒出青花瓷，就大量地賣，賣到歐洲，改變了現代秩序。葡萄牙人來印度洋、南洋，就是為了要找貨源，這完全就是瓷器造成的。整個世界的大航海時代，世界的殖民一開始就是中國倒賣青花瓷，當時歐洲的貴族把青花瓷黏在宮殿炫富，全部瘋掉。

我想臺灣的時光漂流，就是開始於歐洲的大航海時代。其實不只臺灣，還包括澳門、麻六甲、菲律賓，遭遇了葡萄牙船隊、西班牙船隊、荷蘭人，乃至後來的英國殖民帝國。臺灣是在那麼早的時刻，被捲進世界的現代秩序的掠奪與暴力，但同時還是從清朝繼續遷移過海的子民。包括臺灣寺廟的石雕、佛雕，後來發現是非常容易船舶來往的潮州傳統工。像楊凱麟或顏忠賢，他們的父祖輩可能是日據時較見過世面的，比起我父親，他們通過日本對歐洲有更早熟的戀慕和時髦學習。很怪的是，我父親這種一九四九年從大陸逃亡來臺的外省人，他們經歷過五四，其實是喪失了傳統家族連結和祖先祭拜的儀式。我岳父他們的澎湖家族意識，對婚喪節日的講究古禮之繁文縟節，反而很清楚的是「漢人」。這樣說來其實很可以追蹤記錄，如波拉尼奧《荒野偵探》裡的「拉丁美洲人」，國民黨帶來的外省詩人有很高的現代詩成就，而且因為冷戰時期親美，臺灣對二十世紀美國的那套流行文化，可能是華人裡最貼前沿的。這就像壽山

石故事裡的陳可駱，可能中國大陸在兩千年後，有錢了，將臺北藏家的雞血石、田黃石、荔枝凍，超高價買光，但其實七〇到九〇年代，整個壽山石篆刻文化是在臺北這小小城市裡滋養的。我父親那代人經歷過南京大屠殺，他是真正身體感地恨日本人，但我小說啟蒙之初，讀川端、芥川、夏目漱石、井上靖、安部公房、大江小說的沉浸和耽溺，可能要超過中國大陸的小說家。我的意思是，所謂「中國」符號的資產與債務，它是底層伏流，說不定我們（如你說的繁體字）是比大陸嚴峻表示那個不可分裂的「中國」，要古老或另一個更早遠的流浪故事呢。

回頭來說，我感受到關於我爸，我是有限的回應，我是一個捕手，接到我爸丟過來的球，我的能力可能出現《西夏旅館》。但如果像童偉格或黃崇凱，或者比他們年輕的臺灣小說創作者，他們在接受所謂的臺灣的繁體字，或者隔壁的超級老大也好，全球化的關係裡面，他們的自我存在之地圖繪製是很靈活的，可能我這種外省掛的，之前對大遷移的記憶就是國共，但臺灣在這過程中是很多變化球，新一代在承接政治的焦慮之外，有能力再回應或反省，我覺得是他們後面要去做的。

莊瑞琳　　就像我在題綱提到的，二戰以後，很多很厲害的作家甚至不是用母語寫作，他們是處在流亡狀態的人。但臺灣，可能因為我們的政治處境，所以永恆處在一個流亡狀態，也許我們的處境反而創造出最好的作家。比如奈波爾有多重文化血統在他身上，他們都寫出非常符合當代問題的作品。所以我後來在想說，也許我們的處境反而是一種資產。

駱以軍　　剛剛我就在跟童偉格開玩笑，如果臺灣突然被打（他說當然不要發生），像敘利亞、阿富汗、貝魯特，可能全球都會來翻譯《西北雨》、《西夏旅館》，想知道這個地方的人在想什麼。（笑）但這真的是很煎熬、憂鬱、撕裂、痛苦。其實臺灣的小說成就被世界忽視了，我們國家自己也忽視了。你講的非常對！我認識

的臺灣四十歲一輩的寫作者，其實非常強，不要說童偉格，房慧真到黃崇凱，他們真是用功，閱讀量極大！他們對歐洲、日本或古代中國歷史（譬如房慧真的碩論是中國古代的兵陰陽，後來她又對大屠殺這個題目有深入的閱讀），不僅博學也有著無止盡的知識好奇！這種飢渴的閱讀大胃納，其實便是穩定的認同結構根本無法承裝他們需要的自我描述，那真是上窮碧落下黃泉，像奈波爾《抵達之謎》說的，無盡的探尋和渴慕，但永遠抵達不了。這在小說的冒險上，當然是資產。

莊瑞琳　　我是閱讀比較雜食的人，對於你小說裡面出現的其他知識我會很好奇，比如你會寫到量子力學，宇宙天文的東西，所以我想知道你有一個科學觀念嗎？你為什麼會去用到這些東西？

駱以軍　　就是《女兒》這本，我自己有花力氣，因為當時確實有一個執念，或野心，或傲慢，我想偉格也有這個問題，你已經寫出《西北雨》，下一本要怎麼再進入新的次元換算。那時候剛好看到量子力學，我覺得太漂亮了。我不是一個科學狂，後來就沒有再繼續讀下去。我講的這些就是大概在一九四〇年代就發展得很完備的理論。在討論這個東西時，就會有一個波和粒，波是不可被觀測，但可以被證明的，粒子就是可以觀測。那時候在《女兒》我就想來做一種粒子態的故事，比如可以用量子力學的詞條如薛丁格的貓來寫。我後來有跟凱麟說，我寫《女兒》就有點像是在玩字母會，重點不是故事，而是我如何形成一個實驗場的狀態。我當時認識一個牙醫，就是他介紹我看量子力學，他又是佛教哲學的狂人。

莊瑞琳　　難怪你在處理量子力學時，有些極致之處就是佛學。

駱以軍　　對，佛學很厲害，那時候他還跟我說唯識，有不同的虛空的亭臺樓閣的建構法，

這跟波粒二象性很像。唯識就是粒子派，存在的那一瞬間我就存在了，我存在的這一瞬間跟其他描述沒有關係，每感受到一件事情，佛法就在當中，唯識是沒有本體的，去中心的，它是拋擲出去的。如來藏就很像莊子，用各種方式在談各種中間，花很多力氣告訴你這個中間什麼都沒有，什麼都不在，連不在也不在。那不是就是「波」的概念？這個牙醫還跟我說藏密的概念。我們現在活在一個感官最幸福的時代，很像佛菩薩的世界，我媽念經，希望死了可以去佛菩薩的世界，但其實現在就是，每一個意念一動，在網路上可以無止盡地找下去。但我這樣講，都有點沒著到邊界。其實《紅樓夢》、《金瓶梅》、《海上花》、《儒林外史》各自的布展，在我讀來，都是非常「量子態」的小說。或我們著迷的波赫士和卡爾維諾，其實他們的萬花筒百科全書世界，跟古印度人在憑空動輒幾億劫的宇宙級計量，是可以相通的。

莊瑞琳　　你是一個宿命論者嗎？

駱以軍　　我是。我是個很倒楣的人，這一言難盡，而且我非常相信紫微斗數，或是在生命有難決斷之際，算塔羅或易卦這類東西。我永和的老家從小就有供桌供著菩薩和祖先牌位。事實上如同人們說的，真正怕鬼的孩子說的鬼故事才恐怖。我從年輕時，就非常畏懼、有感「命運」這種東西，有段時期我甚至相信這事，「每寫一部偉大的小說，命運就會拿走你一樣珍貴的東西做為抵償。」即便像《啟動原始碼》那樣的多元宇宙幻想，使我相信：你的意念會決定並改變你之後所是的這個生命態。但你進入了這個某一瞬被你用願力創生的「活宇宙」，它還是要面臨之後時時刻刻被你恐懼之事重擊，乃至塌縮的「死滅」。我對這樣即使再大的願力，也無法對抗的黑暗宇宙真相，非常恐懼，所以我還不是覺者，在這之間還是感覺像吹玻璃工人那樣辛苦。

莊瑞琳　　你的作品觀照過父祖的生命，也觀照未來次子，上下幾乎橫跨百年，不論是國

家、地方還是家族史甚至個人的記憶，在你的史觀中經常是被變造的與不穩定的，這似乎與一般認為歷史還是有基本事實是不太相同的，當然我們也知道 Peter Gay 在《歷史學家的三堂小說課》提到，完美的虛構可能創造真正的歷史，對你而言，歷史的尺度到底是什麼，又怎麼影響寫作？

駱以軍　也許我有種動物性吧？（笑）譬如說一隻小狗的時間感知是什麼？一隻蜘蛛？一隻草履蟲？我年輕時有一段時間非常愛福克納的《熊》，但它就是一攤糊在一起的油畫顏料。我想這些小說創作者在臨摹某些偉大小說時，其實就是一種「小說時間」內在之建構。譬如我年輕時極愛夏目漱石的《心》，那落落長的懺悔錄展演了背叛的拉長時間感，好像它就必須拉長那時代，與足夠長的保留祕密的內在壓力。譬如卡夫卡《城堡》中時間感的「不透明度」，但又覺得如在玻璃壺中，一切栩栩如生。譬如童偉格的《童話故事》，那是在交代一個大敘事的不同操作努力，這是不可能的，但卡夫卡、杜思妥也夫斯基、納博科夫他們展示的多麼奇妙。我很喜歡你這麼說我，「在史觀中經常是被變造的與不穩定的」。事實上可能在《月球姓氏》時期，我就想著一種遊樂園式的投影牆光格，而故事沒被說完就丟在那兒，一小間一小間的無奈人物。這麼想我可能沒有走得足夠遠，不過後來寫了《西夏旅館》和《女兒》，我覺得是非常美好的事。這是很奇妙的，小說家被自己一生不同作品切分的時間感。但事實上，在不同時期不同的經驗大地震，常常只有一次機會，有的人擱著，就像油紙包的火腿會變化繁複滋味。所以對我來講，「歷史」可能是一個「愛的歷史」（因此有佛洛伊德所謂 fort-da，失去的匱缺和再次得到的無比幸福感）。譬如說，當我開始考據我父親這樣的外省人生命史，開始考據我母親這樣本省人養女的故事，我妻子的故事，我想是一個在岩礁孵養牡蠣的過程，我並不是在說一種鄉愿式的調和，而是那應該是個可以從歷史言說撬開孔洞，放牡蠣幼卵進去長的，比較奇怪的時代吧？但這樣的構成其實在歷史真相那邊是傷害的，打凹的，壓扁的，這是怎麼回事呢？但我父親或母親他們從小跟我說的是個感人的故事，於是小說必然

成為愛的怪異尾煙，一種延異和變形。小說必然是幽默滑稽的，因為二十世紀的人類歷史動員太怪異殘酷了。我想小說中或有一種狂妄，那便是愛的贖償。

莊瑞琳　你的作品觸及到各種信仰，但感覺並沒有成為一定的世界觀框架，可能色彩最深的是佛教，信仰、愛與救贖這些傳統宗教的主題比較是以一種駱以軍的平行宇宙的方式出現在小說裡，我經常喜歡你故事的結尾，往往是非常日常與溫暖的小事件與對話，平凡到不行的，但對當代人來說，也許反而非常有力。或許這也是現代社會的型態，也是小說形式存在的意義，代表著人用一個人的方式在面對存在的問題。

駱以軍　我是不及格的佛教徒，小時候母親常帶我和兄姊去龍山寺、保安宮、行天宮拜拜，我母親是大龍峒人，家當時就在行天宮旁小巷裡的陋屋。我十九歲吃素至今，但很不嚴，葱蒜不忌。事實上我當初吃素是為許願考上大學，但確實小時候對動物被殺感到痛苦。對我而言，臺灣的這些寺廟非真正佛教，裡頭供奉有媽祖、觀音、玉帝、文昌帝君、保生大帝、關公，那些壁上石雕又像在那年代電影院會播放的，一些古時候三英戰呂布啊、八仙過海的場景。我對基督教甚少接觸，但年輕時讀葛林，讀杜思妥也夫斯基、齊克果日記、卡繆甚至柯慈的小說，都有你所說的愛與救贖。罪與罰，那種瘋魔和與魔鬼交易、自我懲罰、控制對方，這些戲劇性都是從西方小說、西方電影學來的。佛教缺乏這種現代的身體與靈魂的，雕塑的暴力化之美。但可能是我們那年代，傳到臺灣的佛教已和印度、西藏的佛教不同了。我很喜歡柯慈在《屈辱》中，那個犯下校園強姦女學生之罪的教授，他在講浪漫主義的詩：「那是一種燭光熄滅前，最後的光照，那不是高在雲端的哲學辯證，也非歷歷如繪的肉體冒險，而是像花爛在泥裡，全部的記憶召回。」所以我們懵懵懂懂讀了《追憶逝水年華》，學習過意識流或法國新小說的破碎客體，其實它們並非一種過時的技藝，而是非常強大累積的西方二十世紀「脫神入人」的時間控制術。偉大的西方小說家，將二十

世紀的人類變成一場旅途，同時在這樣的旅途中，像神奇寶貝球去收攝從宗教跌落的「神之愛」，恐怖的兩次大戰和集中營，存在主義。二十世紀的小說是個非常飽滿強大，如在劇場上的肉搏。我二十多歲時，很怪，是從譬如三島的《金閣寺》，眼球著火學習那種把基督釘上十字架，但主人公卻是在佛寺的空間場景，那種超人的、焚燒金閣的美。或是芥川的瘋子，或大江的精神病院。這都是非常厲害的，一種西化，或小說的引入東方的裂爆。這麼說好了，如果我，這個寫小說的我，有所謂在小說中展開的「宗教性」，我想我是個「好人」，非常能感受他人痛苦之人，但我們這個移民之島的寺廟布置，它們像沒有變身的古代的咖啡屋或電影院，那些金漆而臉孔古怪的神明，不同的功能神，立在那兒或坐在那兒，祂們聽著擠在下面的阿婆和我，嘈嘈休休的拜託，也沒有很強的控制欲，好像祂們也只是天庭派下來的公務員或客服中心。但那有一種我們低頭舉香，上面流過的慈悲河流。我覺得我有很多四十歲以後的補充，是一種「人情世故」的缺陷的補修學分，不同的咖啡屋聽來的故事，不同長輩的故事，不同按摩阿姨的故事，我的牙醫跟我說的故事，我認識一些長輩，擁有非常多精采的故事，但他們沒寫小說。他們很像在一空間裡，充滿雜沓氣味交換各自祕密的生命史，但不像走進教堂要將你的「人類氣味人類時間」消泯，你看，以前廟裡燒大把香，塑膠盤上放玉蘭花，燒金紙，是像那樣，神明和你交換著氣味。

莊瑞琳　最後幾個問題了，你去愛荷華是二〇〇七年，就是剛好十年前，五年前開始有字母會，是兩個不同的文學社群。這十年對你來說，文學社群對你的意義跟刺激是？

駱以軍　很幸福。愛荷華，因為我語言不行，就很像是去臺東，不小心混在外國人旅行團裡面。愛荷華對我的意義是我有很長的時間寫《西夏旅館》。西夏開筆很早，在二〇〇五年開筆，中間有憂鬱症，幾度提筆，又中斷。所以西夏對我是很好的過程，我之前沒有拉那麼長時間的經驗，都是一兩年內集中火力寫好一長

篇。後來發現很好，寫長篇，時間被拉長，超乎你最初設定的時間限制，很好，但我本來的性格不是這樣認為。西夏不是故意的，是我憂鬱症發，剛好後來就去愛荷華，困在一個失語的狀況。我每天坐在那條河邊，用畫板墊在腿上寫，因為旅館房間不能抽菸。後來回臺，發現我在愛荷華兩個半月，寫了二十多萬字。字母會對我來說，我不太知道未來，比如說黃崇凱，他們將來四十幾歲，有沒有這個運氣。我覺得很幸運，最幸運是捕到偉格這條大魚，他願意加入字母會且一路壓陣寫，這使得這個字母的賭注，感覺是把臺灣最強的小說可能賭上了。小說這件事情是很專業，門檻很高，就是職業運動，有一些三十幾歲的作者你覺得很棒，天才很夠，但極限運動的教養跟配備走完至少要四十五歲，很多人就垮掉了，經濟壓力，父母生病啊，養小孩啊，江湖兇險啊，或是你看我這輩那麼多個自殺。我覺得寫小說的人應該要有個同仁團體，分散會把孤獨一人壓垮的重力。像馬奎斯、波赫士他們，都有一群人整天混咖啡屋酒館，各路瘋子做各種哲學辯論。這種文人小圈我在拉美小說讀到非常欣羨，你看波拉尼奧專寫這個，科塔薩爾的《跳房子》也是，略薩也很會寫這個，或是大江、柯慈都非常會寫。而臺灣甚至整個華文小說似乎不太會寫這個，可能就董啟章的《物種源始・貝貝重生之學習年代》。其實《紅樓夢》、《儒林外史》都非常會寫那年代的文人。但我覺得很不容易。就是凱麟吧，剛開始就是他提議和我對寫二十六個字母，後來擴大成這樣多人的字母會，錦樹也加入了。我覺得很不容易，對我來說很幸運，整個過程凱麟非常慷慨地分享他的哲學模型，這種抽離出來的思維方式，那麼難，完全不是我們本來的書寫向量能張開的多次元座標，他好像必須有一張像高階數學方程式的投影圖，我們才能循著那現實中到不了的結構，展開小說。這件事好像一個躍遷，這幾個人，童偉格、陳雪、胡淑雯、顏忠賢和我，後來黃崇凱又加入。中間不同字母邀了成英姝、盧郁佳的小說，也邀過柯裕棻、賴香吟、董啟章，可惜他們因各自的狀況沒能加入。我想二十世紀一些改變後來的小說物理學的重大小說運動，以當代來看，都像飄浮顛倒的飛碟，這樣有個同仁聚會，以二十六個字母延續了五年，穿越這幾位

臺灣最值創作盛年的小說家，這些年各自的人生變化。它當然可以刺激、截斷你說故事的催眠，或邏輯的重複。以四十多歲的我而言，一次次面對凱麟哲學詞條拋出後的回應，非常辛苦。很像一次次把體骨拆碎，重新結構，這是一個發生在任何國度，有野心的小說創作者，最大的幸福。它也不像從前的許多同齡創作者的聚會，吃吃喝喝，後來總會衍生出八卦和是非。這個字母會很怪，可能凱麟在面對這些哲學思辯的嚴肅性，我們每次聚會都像一次讀書會，不讓語言掉入同齡人相聚的自怨自艾、江湖應酬或取暖。如果我發點小牢騷，就是凱麟太嚴肅了。但我對這種自我內在的難度提升，一種太空人訓練式的高壓艙，感到真的非常幸運。

莊瑞琳　那我可以問一個問題嗎，就是不講你自己，而是講你目前對於臺灣現在小說或文學的發展，你有看到很多可能性嗎？還是你看到很多悲觀訊息？

駱以軍　都是都是。每一個時代，也沒有出那麼多偉大的小說家。我現在看中國大陸，這麼大的國度有各種故事，隨便聽到一個事情，你就會覺得這個人應該要是一個很棒的小說家，像拉美那樣，但因為國家的強控制，在腦袋中某個東西就被切掉了。怪異的事無奇不有的事，確實像拉美魔幻寫實，他們只要記下就是超屌小說。但你發覺支撐小說的哲學思辨在演化中弱化了。有一個非常個人性的隱密又艱澀的植物品種不會長出來。從莫言這批之後，二、三十年不會有一個讓人覺得很了不起的小說家，這部分我覺得臺灣到目前為止還是很了不起，很不容易。創作者好像還是永遠漂流的遊魂。確實文學史和正在發生的文學活動是兩回事，比如說國家文藝獎，在島嶼寫作，一些研討會，對誰誰誰致敬，他們一直在重複……國家系統，包括國家文學館每年選的一本小說，都是很老的機器在運作。至少我所認知，這個並不是近乎像核電廠的高耗損能源模式，能夠生產出來一點點的頂級小說。我覺得這整套，包括臺文系中文系，都讓人覺得它真正合乎臺灣這個小國的真實比例。它自己都沒意識到，它的國度有一

些非常奢侈的、世界等級的小說家。有一批非常好的小說家，以一種很沒有用到社會資源的方式，從我這代到童偉格、甘耀明、黃麗群、黃崇凱、連明偉、陳又津，都是以非常貧窮的方式，自我運轉，完成小說。但大批的出版社整個二十年，砸大錢在翻譯一些爛小說，填塞在書店通路的暢銷平臺。有時看到臺灣這麼差的文學環境，還能長出那麼強且各自不同的年輕小說家，會想哭！

我去上海遇到小白跟路內，他們是非常好的人，年紀都比我小十歲，大概就童偉格這個年紀，問我要不要加入作協。他們就是共和國，給你房子住，給你工資，你就是一個專業寫小說的人。他們無法想像在臺灣，到我這個年紀，還在經濟上顛沛流離。如果我是一個帝國的核心人物，怎麼會在童偉格這個小說家最好的時候，把他丟去當什麼講師，真是不可思議的浪費。可能要等我死了，偉格六十歲，那些小孩子變成企業家，再來向童偉格致敬。（笑）大陸是徹底被老毛的那套組織概念控制住了，新時期文學這一批小說家是人才輩出，這批人經過文革下放，確實是非常奇特的「洗夢者」，那一批大陸小說家真是好。八〇、九〇年代之後，這批人冒出來，世界好奇，中國熱，每個作家都有二、三十國翻譯的版權。但他們好像就成為了「國家文學」。一旦建構這套方式，就沒辦法生出魔術師，沒辦法用帝國高端文明長出傅柯這種人，長出曹雪芹這種天才，沒辦法長出波赫士或波特萊爾。臺灣文學機構的布置，到某個階段前現代的狀態就停住了，我感到許多文學獎項，還在一種策略和權力分配。我後來聽說大學裡做臺灣文學的研究，有陣子很流行地誌學的討論，萬里有童偉格，臺中有甘耀明，花蓮有吳明益，高雄有蔡素芬。小說語言在缺乏想像力的學院機器「永劫回歸」地運轉，好像還在用上世紀六〇年代的理論工具箱。缺乏想像力是最可怕的事！我想我們談論這問題，是一個變態的問題，你知道臺灣小說家正因無國家奧援或市場瘋魔，所以篳路藍縷成為自由獨立的物種，但他們卻被丟在貧窮生存線邊緣。我則是站在換日線，我有一個對上世紀九〇年代臺北的《東京夢華錄》，我有《過於喧囂的孤獨》，奇異的文明纍纍的一個珊瑚礁型態，包括臺北之中的張愛玲，臺北之中的王文興、白先勇，臺北的陳映

真，臺北的波特萊爾和法國新浪潮電影；但我同時又感到年輕一輩的騷動和資源貧窮。這種革命時期的空氣會暴長出非常激烈的心靈地層，但譬如昆德拉，譬如葛拉斯，譬如波拉尼奧，小說地圖上那些值得尊敬之人，從未放棄繁複的觀看和描述、思辨。我很喜歡引用 NBA 球評在討論這個夏天要將 Irving 交易到塞爾提克、尼克或灰狼、快艇、馬刺的種種分析（到每一支不同球隊都有不同的配置和未來），然後會說，「在 NBA 這種最高水平的籃球聯賽中，有時候為了冠軍為了未來，都不得不賭一把」，但每種選擇其實都可能賭贏或賭輸。臺灣的年輕小說家們，其實也是一批在進行高層級的豪賭，前途漫漫不知何去，但又充滿天賦的頂級運動員。有時他們透過小說，把自己的心智展演的像歐洲最好的文學。這樣的文學實驗，在不同時代都是拔地而起，超前地書寫一個寫實島嶼無從給予支援的心靈圖，包括當年的郭松棻、王禎和、舞鶴，都在獨自進行這樣的躍遷。我記得在文藝營，有一個怪怪的導演，他拍風車詩社（按：一九三三年成立），那些人後來也滅掉了，但那是華人最早的超現實主義，臺灣是最早那麼敏感地和歐洲最前列的藝術運動接觸，結果就不見了。

莊瑞琳　你的作品宇宙彼此是什麼樣的關係，在你的作品中有提到兩種，一種是《女兒》提到過的，莫內一直畫睡蓮，是一生全部的畫，都預演、濃縮在睡蓮當中，另一種是奈波爾式的，後面的抵銷前面的，每一本書都超越前面一本，像轉世輪迴般地存在著。在我看來，你的每一本書像是超龐大長篇的連續作品，不可能閱讀一兩本你的所謂代表作而理解，所有的作品就是一本超級大長篇。不知道你自己的看法是？

駱以軍　我很喜歡這樣的說法啊。我和其他的小說創作者一樣，都在突圍著，超出自己存在之限制，投影在一本本小說上。我幾乎沒有回頭去看。這件事其實死而後已，有殉身的意思。我夢想中的大小說家，真是能寫出波拉尼奧《2666》那樣規模的一本大書，那真是死也瞑目。

翻譯《西夏旅館》之微／偽基百科 ————

◉辜炳達

ALIEN　翻譯其實是一種腥羶色的生理活動，激似異形（見 XENOMORPH）的繁殖機制：抱面蟲迎面攫住宿主的臉，口爆他讓他無法言語，趁他癱瘓昏睡時在他的體腔內產卵，而這枚卵擷取宿主 DNA 後轉化成一只擁有其生理特徵的胚胎，待成熟後便破胸而出，取代宿主存活於世。異形似人而不是人：牠是承載宿主基因的變種，在各種險惡棲地開枝散葉。就和譯本一樣。

BENJAMIN, WALTER　華特・班雅明在〈譯者的天職〉一文中如是說：「如果我們要把一隻瓶子的碎片重新黏合成一隻瓶子，這些碎片的形狀雖不用一樣，但卻必須能彼此吻合。同樣，譯作雖不用與原作的意義相仿，但卻必須帶著愛將原作的表意模式細緻入微地吸收進來，從而使譯作和原作都成為一個更偉大的語言的可以辨認的碎片，好像它們本是同一個瓶子的碎片。」假如 1940 年班雅明未在納粹追殺下自盡於法國和西班牙邊境的波港（PORTBOU）小鎮，他或許會成功抵達美國，或許會讀到新興的量子力學理論，更或許（假如他活得夠久）坐在沙發上收看 1966 年開播的電視影集《星艦迷航記》。在那個平行宇宙中的暮年班雅明或許會獲取新靈感，將花瓶碎片的隱喻抽換成量子傳送：譯作就像是原著被量子分解後在另一個時空中重組的來生。

2013 年，我在倫敦大學學院（見 UNIVERSITY COLLEGE LONDON）以《日常微奇觀：尤利西斯與時尚》為題孵博士論文已邁入第三個春天。

CRISIS　當時我正陷入週期性的信心危機：「當我們談論詹姆士・喬伊斯（見

JOYCE, JAMES），我們還能談論什麼？（潛臺詞：與其寄居西方正典，投身臺灣文學更有拓荒者精神。）」

DESTINED　如班雅明（見 BENJAMIN, WALTER）所說，翻譯「必須帶著愛」，而愛的迸發往往是宿命性的偶然。當我的信心危機（見 CRISIS）爆發時，房間書架上的臺灣小說獨有《西夏旅館》上下兩冊——儘管其在場並非偶然——我別無選擇地把所有焦躁欲力都注入這本詭譎之書。

ERI-QAYA　翻譯難題之一：中國史書將西夏帝都記載為興慶府，但若直接音譯為 XINGQINGFU 實在讓人皺眉。幾經波折，我在書海中打撈到蒙古裔英國史學家奧農（URGUNGE ONON）所編撰的《蒙古人祕史》，交叉比對後發現興慶府的所在地銀川在中世紀歐洲文獻中有個《魔戒》風的古名「ERI-QAYA」。在後巴別塔時代，同一件事物可能有無限種名字，而譯者的天職，就是為事物找尋到它們在另一個語境中最合適的名字。

FUGUE　最初的狂熱冷卻之後，我發現翻譯《西夏旅館》這項決定並非完全偶然－在《西夏旅館》中，我讀到了《尤利西斯》的賦格變奏：都柏林人布魯姆是綺色佳之王奧德修斯的靈魂轉世，而殺妻者圖尼克則是西夏梟雄拓跋元昊在二十一世紀臺北的不死分身。兩部小說皆是當代社會與史詩神話的鏡像對位，在古地圖上（希臘／西夏）建築一座被殖民的現代之城（英屬都柏林／中國臺北）；在城市中漫步穿梭的盡是些落魄猥瑣的市井小民，流連酒館互相交換荒誕離奇的八卦謠言與真偽難辨的身世祕辛，試圖說服一眾酒鬼自己的邈遠前世曾是英雄。

GREENWICH　我還記得，格林尼治標準時間 2013 年 3 月 21 日下午 1:30，我癱坐

MEAN TIME　在倫敦高爾街 52 號波能卡特公寓的 415 號房裡，呆望著筆電 13.3 吋螢幕上一則剛送出的 FACEBOOK 訊息：「駱さん您好……如果還沒有人翻譯《西夏旅館》的話，我可以挑戰這項任務嗎？」而這則瘋狂訊息正是一切的起點。

HETEROGLOSSIA　俄國文學理論家巴赫汀（M. M. BAKHTIN）認為小說是为「眾聲喧嘩」而生的完美文體，而《西夏旅館》則是最佳範例之一：駱以軍動用一切虛實交錯的文學幻術，創造出南腔北調的栩栩如真大千世界。

班雅明〈譯者的天職〉一文中最玄妙的主張如下：「譯作重大的、唯一的功能就是使純語言擺脫這一負擔，從而把象徵的工具變成象徵的所指，從而在語言的長流中重獲純語言。這種純語言不再意謂什麼，也不再表達什麼，它是託付在一切語言中的不具表現性的、創造性的言詞。在這種純語言中，所有的資訊，所有的意味，所有的意圖都面臨被終止的命運。」

INTENTION

JOYCE, JAMES　愛爾蘭小說家詹姆士・喬伊斯被視為文學史上最偉大的英語小說家，而他最偉大的貢獻，就是解構英語。大英帝國透過義務教育消滅蓋爾語，失去了母語的喬伊斯被迫用殖民者的語言書寫。為了復仇，喬伊斯從內部爆破英語的結構，摧毀標準的語法和詞彙。他的文學恐怖主義在《芬尼根守靈》達到巔峰。不過他生前名聲毀譽參半，《尤利西斯》更一度被美國海關以淫書之名查禁焚毀。吳爾芙曾如是說：「感謝上帝，我終於逃離《尤利西斯》的火刑柱折磨。希望書賣掉能拿回 £4.10。」

塞爾維亞作家帕維奇（MILORAD PAVIĆ）的《哈札爾辭典》透過猶太

KHAZARS 教，基督教，伊斯蘭教三重視角複寫游牧民族哈札爾人在南俄羅斯草原建立的王國歷史。《西夏旅館》的最初藍圖，本是仿造《哈札爾辭典》寫成一本西夏王國的偽百科全書。如哈札爾王國一樣，西夏王國的歷史殘骸散落多種語境：蒙古人稱它為唐古特王國，西藏人稱它為密納克王國，它則自稱為大白高國。每個西夏人似乎都有無數分身，拓跋元昊同時也是李元昊，趙元昊，嵬名元昊，曩霄元昊……。最有趣的是，中國史書裡面貌模糊孱弱不振的夏末帝李睍，在蒙古神話中神力無邊，乃是幻化成各種神物與成吉思汗大鬥法的錫都爾固汗。

LANGUAGE GAME 哲學家維根斯坦在生涯後期提出語言遊戲的概念：詞彙的意義由使用者日常生活中的各種活動決定。意義即是用法。失去了生活形式的西夏語也失去了遊戲規則，沒有規則的遊戲難以為繼。於是圖尼克竊取西夏文字，以他自己的生活形式讓遊戲重新啟動。

MONAD 《西夏旅館》中幽暗無光的房間乍看下彷彿萊布尼茲筆下無窗的巴洛克單子。房客們口中虛實交錯的逃亡史彷彿電玩關卡，卡關可以暫停，嗝屁可以重開機，有時還可以開外掛讓程式自動打怪。歷史事件彷彿虛擬，可以不斷複寫流變，直到完美破關。（破關後還是可以重頭再玩。）和敬神愛神的萊布尼茲不同，西夏騎兵和 KMT 難民被神遺棄。他們的偽單子論是對神的否定：神創造的世界並不是所有可能世界中最好的一個。

NOMAD 德勒茲和瓜達希（**DELEUZE AND GUATTARI**）在《游牧論：戰爭機器》中重新定義國家與戰爭機器之間的關係：軍隊和戰士並非國家的內在成分，反而像游牧者一般從國家外部入侵並威脅國家主權。在以反恐為名的全球內戰例外狀態中，國家邊界既清晰（國境封鎖，經濟

制裁）又模糊（難民遷徙，聯合國軍隊駐紮）。《西夏旅館》是游牧論的賦格：拓跋元昊和他的西夏騎兵即是中亞草原上神出鬼沒的恐怖分子，以智謀武略獨立建國界定疆土，但國家機器最終畛域瓦解，重回全球離散的游牧者狀態。

浩浩湯湯四十八萬字的《西夏旅館》不只援引無數冷僻詞彙，更混雜不同時代風格的語言，彷彿《尤利西斯》第十四章〈太陽神閹牛〉的中文翻版，也是淬煉譯者意志的修羅場。幸好，《牛津英文辭典》鉅

OXFORD
ENGLISH
DICTIONARY

細靡遺地記載了英語詞彙在歷史長河中的流變。只要敲敲鍵盤，即可從雲端召喚每個詞彙的前世今生，一一檢視它們在各時代的容貌個性與親族脈絡。

臺灣時間 2016 年 10 月 1 日上午 7:44，我收到一封 EMAIL，寄件者署名 ELAINE WONG。原來她是一位定居美國德州的香港學者，當時正在翻譯《月球姓氏》，透過駱さん輾轉得知我在挑戰《西夏旅館》，

PEN PRESENTS

便寫信來鼓勵我，告訴我英國筆會翻譯獎 2017 年鎖定東亞和東南亞文學，務必把握機會投稿。能夠幸運得獎，真得感謝她那封溫暖慷慨的 EMAIL。

無論是英國或臺灣的朋友聽到我想把《西夏旅館》譯成英文時，第一個反應都是「欸，等等，你的母語不是英語耶」。也許出自於教養和友誼，他們會趕緊緩頰道：「不過你是英國文學博士（還是研究喬伊斯的），應該沒問題啦，呵呵。」他們的疑慮非常合理，因為連我也不

QUALIFIED

斷懷疑自己「有資格做這件事嗎？」更何況，英美出版社看到譯者：PINGTA KU，大概也會嘀咕「這傢伙是誰」吧。我甚至想過，何不乾脆像葡萄牙詩人佩索亞一樣用各種假名走跳江湖？事實上，我還真的

替自己偽造了一個古怪的洋味假名 Britarrivé Guiltino，可惜至今仍未派上用場。

翻譯難題之二：《西夏旅館》應該轉換成什麼風格的英文才對味？在 Yaboo 的咖啡會中，我提議了幾位擅寫濃稠長句的小說家讓駱さん挑選：詹姆士・喬伊斯，安潔拉・卡特，威廉・福克納，**薩爾曼・魯**

RUSHDIE,
SALMAN

西迪。「魯西迪好像不錯噢！」和喬伊斯一樣，印度裔的魯西迪也是位專門搞毀英文秩序的叛客，他的魔幻小說《魔鬼詩篇》被指控褻瀆伊斯蘭教，還被當年的伊朗總理何梅尼下令獵殺。魯西迪本人逃過一劫，但五十嵐一等多位譯者慘遭刺殺，可說是現代翻譯史上最致命的職業傷害。相較之下，翻譯《西夏旅館》算是安全多了吧。

翻譯難題之三：在地毯式搜索大英圖書館的目錄之後，我絕望地發現《西夏旅館》中引用的中國史書皆無完整英譯本。關於西夏的歷史記載大多成書於十三至十七世紀，正是中古英文演化到早期現代英文的蛻變期。由於中古英文在詞彙和語法上都迥異於現代英文，我決定仿造使用字體古奇（諸如古體 s「ʃ」，u 和 v、i 和 j 的混用……）但句構

SHAKESPEARIAN
ENGLISH

明晰的莎士比亞英文來翻譯小說中的史書片段，藉以模擬原作中駱式語言和文言文混雜的蒙太奇風格。

TANGUT INN 翻譯難題之四：《西夏旅館》此一小說標題要怎麼翻才好？WESTERN XIA HOTEL 和 XIXIA HOTEL 在聽覺上都太過拖沓，不夠鏗鏘。中世紀歐洲史書將西夏王國記載為 TANGUT KINGDOM，TANGUT 即是黨項人，在中國史書中也常被譯為唐古特人。故我最終敲定以 TANGUT 搭配 INN—買醉亦可留宿的老派酒店—做為譯本書名。另一方面，TANGUT 和主角圖尼克 TUNICK，西夏王朝拓跋氏 TUOBA 在聲響上

隱約呼應，形成三位一體／т，亦是不錯。

UNIVERSITY
COLLEGE
LONDON

位在高爾街上的**倫敦大學學院**是英格蘭繼牛劍之後第三古老的大學（更是第一所不限種族性別宗教的自由大學），近期最出名的英文系校友大概是《敦克爾克大行動》的導演克里斯多福‧諾蘭吧。倫敦大學學院與大英圖書館和大英博物館構成一枚黃金三角，而它對《西夏旅館》翻譯計畫最實質的貢獻，便是在全球（可能不包含中國）都可憑校友帳號登入使用的雲端學術資料庫了。

VOCABULARY

或許是長期與博論抗戰導致的精神官能症，閱讀時大腦總會將雙眼所掃描到的文字隨機譯成英文（彷彿透過 GOOGLE 翻譯鏡頭所看到的雙語閃現亂碼畫面）。有時靈光乍現，我就隨手抓枝鉛筆攫取在腦中亂舞的怪誕詞彙，而逐漸爬滿《西夏旅館》的雜亂筆跡像是引誘業餘偵探一步步走向危機的神祕線索：「讓殺妻者圖尼克用英文吐露自白！」在博士論文的生死關頭另闢戰場無疑是自尋死路，但在逐字緩緩推敲的過程中，我進入一個寂靜無聲的世界，一切喧囂皆被濾淨：我仰望宇宙中的星座，用手摘取一顆顆恆星，再任性地依自己喜好的光度將繁星重新排列。

WEREMUNTJAC

羌人圖尼克在小說尾聲鑄造了一系列不存在的字，而我則偽造了「WEREMUNTJAC」一詞來翻譯羌人。傳說西夏人的原形是半人半羌的怪物，就姑且遵循狼人「WERE（人）＋ WOLF（狼）」之模式造字吧。

XENOMORPH

在翻譯的過程中，為了揣摩故事中各種幽暗血腥溼黏的場景，我決定重看一次《異形》全系列。瑞士超現實主義藝術家吉格爾（H.R. GIGER）筆下的影史最駭人怪物，是種有著精密母系社會的完美生命

體。以母后為宗族核心的異形，將韋蘭企業那些滿腦子基改專利權的資本家和拿著火焰噴槍暴衝送死的筋肉人軍團玩弄於股掌之間，玩罷，再用他們的身體孵出一窩窩小異形。

YABOO 　格林尼治標準時間（見 Greenwich Mean Time）2013 年 3 月 21 日 23:53，我收到一則令人振奮的 Facebook 回信。三個月後，我飛越一個大陸和兩個海峽，帶著譯稿到永康街的 Yaboo 咖啡館和駱さん見面。我不太記得（那個下午咖啡因和腎上腺素讓我的頭腦一片慘白）他對我說了些什麼，除了兩件事：「《西夏旅館》就交給你翻譯啦。如果能翻出《魔鬼詩篇》的味道就更棒了！」在那個咖啡館的夏日午后，原本如霧一般輪廓模糊的翻譯計畫開始逐漸清晰。

ZELLY 　翻譯難題之五：居酒屋姐妹花小芬和小芳要改名成家羚和家卉，怎麼改？我最後放棄音譯，為她們創了新名字：Gazelle（羚）和 Galan(thus)（卉）。小名則是 Zelly 和 Lanny。至於總是流連居酒屋，和唐朝色目人同名的騙術大師安金藏 An Jinzang 則簡稱 A.J.，搭上滿口美式幫派黑話剛剛好。角色設定完成，語言遊戲（見 Language game）準備開始。

辜炳達

臺南人，倫敦大學學院英國文學博士，臺北科技大學應用英文系助理教授。目前延續博士論文《日常微奇觀：尤利西斯與流行》的文化考古路線，挖掘資本主義社會中現代文學與流行文化和視覺科技之間的共謀關係。因翻譯《西夏旅館》獲二〇一七年英國筆會第二屆PEN Presents翻譯獎。

西夏旅館
——駱以軍——
〈殺妻者〉

關於女人，圖尼克說，關於愛情，或者是嚴格定義下所有與這個詞悖反的負面品格：見異思遷、喜新厭舊、遺棄、嫉妒、面對被遺棄者之歇斯底里而心虛忤怒，乃至於暴力相向、因嫉妒而起的謀殺、造謠、借刀殺人、對情敵一家的滅門血案、淫人妻女、殺了最忠實的哥們然後上他的嬌滴滴的老婆（你該稱呼她嫂子的那個）、殺掉情敵及她的兒子、上自己兒子的女人（你該稱呼她媳婦兒的那個），或是送自己妹妹上哥們的床教她如何張開雙腿以媚術弄得哥們神魂顛倒最好讓那精液一蓬一蓬地打進她的子宮懷上他的野種好整個謀奪他全部的家產……林林總總、眼花撩亂、應有盡有，簡直可以開一間「敗德愛情故事博物館」，圖尼克說，所有這一切，居然全發生在一個男人身上，我的西夏故事的源頭，那個矮個子卻英氣逼人，喜穿白色長袖衣、頭戴黑冠、身佩弓矢、乘駿馬、從騎雜沓、耀武揚威的大鼻子男人，那個陰鷙殘忍、血管裡流著大型貓科動物獵殺、多疑、爆發力量的神物。種馬中的種馬。像我們這種僅靠著腹脅下方袋囊裡兩顆蠶豆大小的東西分泌一丁點兒萃取物確定自己男性意識的可憐兮兮傢伙，一旦見了這種腔體裡奔流的、皮膚汗毛揮發的全是純質雄性荷爾蒙的烈性漢子，恐怕也會情不自禁從喉頭發出一聲女性的哀鳴。這樣的男人，如果放在現代，肯定比切·格瓦拉還要浪漫，比史達林還懂得誅殺異己、比賓拉登還飄忽神祕還充滿宗教詩篇的魅力讓追隨者在恍惚迷醉中為他送死……。那位西夏兩百年王朝的開國者李元昊。也只有他，可以使這幅織縫著眾多女人仇恨、殘忍、狂情蕩慾各種痛苦表情，或是玉體橫陳白皙肚子下方陰毛叢聚處掛著彩繪猙獰食人獸怒張獠齒綾兜，各種噴散著男女生殖器芬芳卻在暗影中絞殺、下毒、凌遲、剁去手腕足脛的暴力默劇、這幅罪惡之花爭相簇放的地獄變、肉體森林，只有他使之如此瑰麗，如此蕩氣迴腸，如此令人恐怖、畏悚、忘了人類倫理貼伏地面的建築秩序而產生出近乎神殿悲劇的崇高之慨（像我們多次目睹太空梭升空在頭頂上方爆炸成一團火球）。

Tangut Inn
——辜炳達——
'The Uxoricide'

Now I'm going to tell you a story about women and love, said Tunick. Or rather, it's a story about the dark side of love: fickleness, jealousy, and fury. You shall witness many evil deeds committed in the name of love. It's a story that unleashes your most perverted fantasies, in which you torture your ex-lovers out of guilt and feigned anger, ruin them with rumours, kill them with a borrowed knife, wipe out every single relative of your love-rivals, fornicate with your neighbour's wife and daughter, kill your best pal and screw his voluptuous wife (which arouses in you the incestuous pleasure of the levirate), slay your love-rivals and their sons, sleep with your son's wife, and send your little sister to your best friend after teaching her to seduce him with her spread legs, so that she'll conceive his little bastard and seize his entire fortune...... Whatever you dream of. There're so many eye-dazzling crimes, said Tunick, that only a 'Museum of Decadence' would be large enough to display them. All these crimes – believe it or not – were committed in real life by one man, and he is the source of all my stories about the Tangut Kingdom. That man was stout but handsome, with an aquiline nose. He loved to wear white garments and black coronets. He swaggered on the back of his galloping steed with bows and arrows across his shoulders. That cruel, malicious demigod's blood was saturated with pantherine aggression, suspicion and strength. He was the stallion of stallions. Upon seeing such a macho whose veins and pores discharged pure testosterone, wankers like us (whose sole proof of manhood is a pair of pea-sized balls hanging below our loins) can't help but moan like whores in heat. If he lived in our time, he would be more visionary than Che Guevara the dreamer, more vengeful than Iosif Stalin the tyrant, and more rhetorically seductive than Osama bin Laden the demagogue...... He was Tuoba Yüanhao, the founding father of the Tangut Kingdom. None but he was powerful enough to weave such a scroll of lushly violent tapestry, where numerous female faces came alive with hatred, violence, and lust; where ivory bellies flaunted thick bushes and diamond-shaped bodices patterned with furious trolls and gaping toothy maws; where bloody pantomimes – perfumed with semen and vaginal juice – administered death through hanging, poisoning, slow slicing and dismembering in dim light. None but he could endow the hell screen of blossoming evil and the flesh forest with such splendour, such suspense and such horror, that we almost forget the rhizomatic structure of human ethics and yearn for a pantheon that houses the tragic sublime. (A similar emotion would be triggered when we witness a space shuttle exploding into a flame above our heads.)

這個故事從李元昊的七個妻子開始，然後以他被削去鼻子，正中央一個空洞鮮血不斷湧出的一張滑稽鬼臉作為結束。

圖尼克說，補充一下，這群人在這個故事裡的服裝是這樣的：李元昊在受宋朝封為西平王後，他穿得像他殺祖父仇讎吐蕃贊普：「衣白窄衫，氈冠紅裡，冠頂後垂紅結綬」（這是否亦顯示他人格中某些自虐憤厲成分？把自己打扮成自己想去砍掉其人頭的仇人？）；他手下的朝臣們：「文職官員戴襆頭，著靴，穿紫色或紅色衣服，執笏；武職官員戴幾種不同的帽子：金帖起雲鏤冠，銀帖間金鏤冠、黑漆冠，以及間起雲的金帖、銀帖紙冠；衣著紫色旋襴衫，下垂金塗銀束帶，垂蹀躞，著靴，佩帶解結椎、短刀、弓矢韣，坐下馬乘鯢皮鞍、垂紅纓，打跨鈸拂。」至於女人，那些后妃們的衣飾，則沒有詳細記載，不過當時西夏地處絲綢之路起點，且宋朝年年有「歲賜」，李元昊的幾個老婆，在興慶府的巍峨宮殿，花園苑囿裡，自然是繡花翻領、錦綺綾羅。圖尼克說，補充這個，只是為了讓那些在故事裡拿刀互砍、捧著乳房色誘主公，或在暗室裡嘈嘈私語巧設毒計的男男女女，不要太平板空洞缺乏想像力（圖尼克說：不要把他們想像成漢人的宮廷喋血！更不要出現妮可基嫚珊卓布拉克梅爾吉勃遜這些好萊塢臉孔！），不要像一張一張只見關節擺動，枝瘦髑體般的皮影戲偶。

This story starts with Yüanhao's seven queens, and ends with his own funny and noseless face, whose very centre became a big bleeding hole.

For your information, said Tunick, my characters were dressed as follows. After Yüanhao was knighted by the Song Empire and became the Xiping Lord, he somehow decided to emulate the fashion of the very Tibetan Tsenpo who shed his grandfather's blood. Historians tell us that Yüanhao wore 'a ſlim-fit white garment, and a felt crown with ſcarlet linings and trailing ribbon knots.' (Was he a sadomaſochist? Why would he dress like his foe whom he wanted to behead?) As for his civilians, 'they wore boots, purple or red garments, and held ritual batons.' His military officers, on the other hand, 'wore a miſcellany of headgear: gilt moiré crowns, crowns dotted with ſiluer and gold, gloſſy black crowns, gilt or ſiluered moiré paper crowns.' Both civilians and military officers 'were adorned with purple wide-ſleeued garments with crew-necks, dangling ſiluer-gilt ribbons, ſwaying decorations, boots, iuory knot-releaſers and bodkins,' while their horses 'were equipped with ſaddles made of ſalamander ſkin, drooping red ribbons and cymbals.' Historians don't tell us what his queens and concubines wore, but they were presumably dressed in embroidered lapelled collars, damask and satin when they promenaded in the magnificent palaces and gardens of Eri-qaya. Luxurious treasures of all sorts flooded into the Tangut Kingdom at that time, not only because it was where the Silk Road started, but also because it received generous 'Annual Bestowal' from the weakening Song Empire. Tunick said, I've informed you of these details, lest the images of those malicious, manipulative men and women—who slashed each other with swords and seduced the emperor with embalmed breasts in dark chambers—should fall as flat and hollow as sheets of swaying shadow puppets. (Tunick added: it's nothing like the bloody political struggles in the Chinese imperial court! And please never mask them behind the pretty faces of Nicole Kidman or Sandra Bullock or Mel Gibson!)

駱以軍作品繫年

駱以軍 | 凱麟給的功課〔未來〕，對我來說就是鮟鱇魚頭頂上那個光。鮟鱇魚的骨骼、鰓肺、鱗片、血液、或牠活著的狀態，我覺得那是過去。做為一個寫小說的人，其實我也做到過，是等價在交換，你用非常大的力氣去，只能往未來推一點點，碰，一瞬間，用那麼大的過去點一盞光明燈，那是你對未來的瞬間投影。

陳雪

我的生命始終停留在某個時刻，我為什麼一直寫小說，始終在想要騙過自己，不去往死亡這條路。但那只能讓我續命，我還是一直在跟那個被凍結的時間搏鬥，用各種方法想把被凍住的東西喚醒。我的〈未來〉寫完之後，意識到寫的那個角色是跟我一樣只有過去的人。這題目讓我想到的是，我們不斷地整理過去、挖掘過去、描述過去、書寫過去，甚至為什麼執著於過去，最大的一種可能是，我們真的想讓時間移動而進入未來。進入未來不是自然而然就會有的，而是生命的時間能否被啟動，使你從一個只能活在過去的人，進而可能擁有未來。

黃崇凱 | 我在想怎麼用小說回應「未來」的時候，是採取距離當下有時間距離的觀看視角，來講述很當代的問題，就是我們怎麼去面對未知。未來因為它還沒有來，我們也不知道它到底會不會來，當我們在書寫的時候，設想它是某種未來，事實上是消除繁複可能性的其中一個，有諸多可能性在你的眼前展開，也許透過書寫先抵達其中一種未來，讓未來先在你的寫作裡發生，但你的肉身要面臨的是線性時間的局限，你要體驗的未來是，你所寫的作品再疊加上去的這種未來。

胡淑雯

我一直都感覺未來是會倒退的，是受到費茲傑羅《大亨小傳》最後一段的影響。他在講時代的潮流一直推推推，人要去抓住時代。小說最後以海潮、洋流來象徵時間，人在潮水的船上，他想抓住的遠方的燈塔、那個未來，在你眼前卻一直退一直退。我們一直面向過去而生、面向過去而寫，試圖找方式，透過面對過去，捕捉一種心靈狀態，那些我們沒有真正認識到的過去。

顏忠賢

未來，在小說中，我覺得可能是在過去就發生過的……也可能是沒有來也不會來的時間的悖論。一如卡爾維諾《看不見的城市》是一個空間不斷打開和折返的時間幻術的小說，虛構出帝國無窮無盡的古代城市……但是最後書中卻突然出現唯一真實的現代城市，舊金山。這是一個隱喻敘事中「未來」的幻術，這個城以不應該出現的時空岔題地切入……一種陷阱般的時間的問題介面地引入不可能的空間參考點，我覺得小說有一個引入過去的在場又不在場般的想像未來的著眼，未來……必然是關於時間的悖論一如幻術般地一再發生。

童偉格

對文學歷史也好、對文學未來的想像，大家停留在一個末世論的觀點，應該要想像的是真正的未來，而不是切身的末日；放眼去想，文學的整個維度才可以被整個時間之門給打開。凱麟的詞有時候換著用，其中一個我比較喜歡的是域外，好奇什麼是在我們自己的寫作當中做為異質，還不被我們理解的，其實應該要牽引著寫作。

當我們僅僅只是從本土性、線性想像我們對文學的需要，可能有一個空缺；我們應該要想像的是亂數般存在但對我們有意義的所有文學演化，即身地用我們自己的方式，真正達到或用寫作本身保持著對我們一向不知道的事情的好奇，用那個對未世論的否決，成為下一輪寫作的準備。

關於 A 的閱讀與寫作

陳雪

做為字母會計畫的開始 A 提示的是「未來」。

對我來說，參與這個計畫，是寫作二十年的轉換期，過去我依靠著自身特殊的經歷、以及說故事的天分，寫作了幾部長篇，幾部短篇小說，對於下一個十年或二十年，也是我的小說寫作之「未來」，似乎必須有個「升級」的過程，除了過往集中心力在一段時間內大量讀書、抄書，總覺得自己需要一個「教練」。我甚至想過在四十歲的時候去讀一個研究所。但後來楊凱麟開啟了字母會這個寫作實驗，我想，無疑就是我有了私人教練、加上一個超強小說團夥的組合，是提昇自己最好的機會。

記憶中第一次開字母會的會議，是二〇一二年，在一個商務飯店的露臺花園咖啡座，那時我剛出版《迷宮中的戀人》，楊凱麟、駱以軍、童偉格、胡淑雯與我，與當時印刻的總編輯在那兒討論著關於字母會的總總。那時我剛交出長篇小說，正在臉書上開始書寫我與早餐人的結婚生活，寫作與生活都進入一種「有什麼事正要開始改變我的生活」的隱約預感。

漫長的五年寫作實驗開始了。最初寫作字母會的頭幾個字母，我的書桌還擺在臥房裡，當時我們養的老貓三花因腎衰竭住院，從醫院接回家已經病危，我們為不能飲食的她裝置餵食管，我也剛開始寫三少四壯，長篇正跌跌撞撞地開始，許多寫作的時光，我都是關在房間一角，書桌背後就是貓小小的病床，我的電腦總是開著兩到三個視窗，長篇小說、字母會短篇與三少四壯雜文同時開啟，一個寫卡了，就跳到另一個題目重來。每隔兩小時就起身幫病危的貓灌食，我彷彿夢遊一樣穿梭在生死之境，期盼能為她多爭取些時間。字母會對我來說，幾乎就像是這

樣一場「說著故事謊騙死神，將瀕死者從死神手中搶救回來」的舉動，每一個字母幾乎都伴隨著一種危機、一個關卡、一次重大事件，以及我自己生命的起伏變化。

這五年期間，貓從死亡裡多掙回了兩年半時光，我自己度過了兩次大手術，許多次進出醫院從事各種檢驗、治療，在各種為難之間掙扎寫出了一本長篇小說，另外做為副業的三本散文集賣得都挺好，支撐我更為任性的小說寫作。

「天空之城」這個概念本來是我新長篇的其中一個構想，當時我正在做人物素描，寫了二十幾個住在摩天大樓的人物，當時的摩天樓也還不是後來寫成的模樣，而是一棟玻璃帷幕的高樓，關於「未來」，我想到的是「餘生」這個概念。通過對「此前一切發生」的追憶，不斷企圖追回「在那個關鍵時刻」，影響生命至關重大的事件之際，對當事者來說，此後都是餘生了。然而能否將餘生賦予力量直至穿透往事的裏脅，需要什麼過程？

我構想一個孤僻的翻譯家，以及他的女性編輯的往來，看起來是中年男子與年輕女性的愛情，實際上更像是摩天大樓與住宅區公寓的對照，是「我要一個人靜靜死去」與「我想要愛你，進入你的生命與生活」的拉扯，我將充滿現代性、高冷、封閉的玻璃帷幕大樓與密集、擁擠、人聲鼎沸的樓房做一對照，讓人物在其中流動，思索著人類對於「我們正在做些什麼，這將會如何改變我們」「我們是什麼組成？還可以成為什麼？」「未來是不是過去不斷的推演」「過去的過去，現在的過去，未來的過去」這樣的思索在兩人的互動中傳遞。

其中男子在病後所寫作的科幻小說，那臺未來巴士的故事，後來我看到電影《瘋狂麥斯》，覺得唉呀，那才是我真正想要寫的，在世界崩壞之後，有一群人，在已經沙漠化的世界裡求生，他們搭乘的不是想

像中的飛行車（不知為何以前的科幻電影描寫的未來總是天上飛滿了車子），而是破銅爛鐵拼裝成的車子。生存成為最原始簡單的糧食、空氣、水的戰鬥。

未來巴士乘載的男子念茲在茲的過往，消失的父親，以及父親口中的巴士總站。缺失的過往，帶著遺憾與困惑的昔日，那些造就我們傷害我們，以及使我們難以掙脫的過去，成為我們未來所是的模樣，或者，我們為了超脫過去，勢必長成某種可以抵抗記憶、抵抗傷痛的樣子，這些努力與嘗試，這些書寫、文字、愛，是從死中向生，從破碎中求全，從荒山峻嶺裡搖搖晃晃開向未來，可以突圍的方式。

對於A未來這個字母，我想回應的是法國作家韋勒貝克的《一座島嶼的可能性》，書中未來的人只剩下意識，可以不斷使用新的身體，複製人不再受困於人類的生死愛欲，「我們已經真的不再有可確定的目的：人類有什麼樣的歡樂我們全然不知，相反，人類的憂傷也不會讓我們心碎。我們的夜晚不再因恐懼與狂喜而心煩意亂，我們就這樣地度過人生，既沒有歡樂也沒有神祕，時間對我們來說異常短暫。」

當丹尼爾25閱讀著丹尼爾1的紀錄，即使一切感受、情緒、愛恨都已消失，被寫下的紀錄卻存在著，我們不知道這些紀錄對未來會產生何種影響，但即使是最絕望最虛無的人，他依然選擇了記錄書寫過去，做為邁向未來的通道。

未來做為字母的開始，但願也是我自己新的小說紀元的開始。

巴比塔工事般地心事重重……

顏忠賢

字母會涉入老小說必然一如

追蹤病毒疫情擴散找尋感染源般的……

回憶過去初體驗及其多年持續併發般的……

困惑於重症狀荷爾蒙分泌失調般的……

宿命仍然推敲籤詩預言不祥的惡兆般的……

黑洞般的死忠星空觀星術推斷星象般的……

老電腦不明資料用關鍵字亂找檔案的意外找尋到般的……

老照片找到某年造訪某故人家神祕老件古玩卻如壇城神通充斥老時光的

開光般的……

路過大廟拜拜某夜遇到遶境神明保佑大仙小仙出巡被感應到像被冲煞到

般的……

找尋更內在時間終究必然是平行光陰荏苒的時差悖論般的……

邊打造邊崩塌意外發生的文明自毀語言混亂失控的巴比塔工事心事重重

地既擔心又開心般的……

　　字母會終究必然一如光明會末代武士村火影忍者系聖堂騎士團般地

如此端詳像是某種歧路亡羊花園死角落發現人生殺破狼又貧夭孤化忌危

機奇遇野生竟然也收成某某字母奧義內鍵外貌特徵不明物體般的……

　　字母會老還是令我焦慮一如老還是覺得沒有完全收到夠複雜像是機

械表般的卡榫反覆咬合的精準。研究補遺碎片散落滿地的拼花如何更花

或更細……甚至更早之前收拾的小說首末篇頭跟尾的幾篇大團塊特效魔

術太多太多要如何說服自己不要這麼快就太激動⋯⋯但是這種種費解內心戲其實都只是像在幾百層樓高的摩天大樓的水電工抓漏泥水在廢墟中每天愈來愈煩躁惱羞成怒地上工愈來愈去自欺⋯⋯停工多年之後想要讓工事再上工到終究可以終結是多麼可笑的自欺。（一如某個流浪小說家老說他一年有兩百多天在旅行，所以常常會覺得很沮喪，甚至經常做一種惡夢，在一個個雜牌又老牌的維多利亞大旅館非常大但是困擾是他找不到櫃檯可以離開，或還有另外一種困擾就是找不到路回家⋯⋯兩種困擾都雷同地困惑為什麼怎麼找都找不到？）

（回想起老小說⋯⋯一如回想起承蒙先知般上師們打通任督二脈般地啟發「雖然依舊惡習般夢太多鬼太多字太多性太多地混亂混種失控」地暗黑破壞神戲開打⋯⋯）

質數之愛

童偉格

　　以字母排序構成的書，我立即能想起的，有米沃什的《米沃什詞典》，和富恩特斯的《我相信》。這兩本書，皆是用詞條撰寫的方式，將作者記憶中，龐然錯綜的往事，歸整為有序的詞書。或者，一整座可隨身攜帶的圖書館：對於過往，詞書自身既是總結，亦是索引。米沃什對話的對象，如他在其他講稿和文論中一再召喚的社群：那在大戰前後，從兩大強權間的洪泛地或海濱，胸懷小語種的共鳴與寂寞，四方離散的詩人們。故鄉寄藏於聲韻，因此對那代詩人而言，當他們依舊創作，仍然朗誦時，如米沃什所言，不是他們見證了詩歌，而是某種彷彿長存的所謂「詩歌」，一時見證了他們（《詩的見證》）。索引與總結，因此無非是被見證者的回視。

　　富恩特斯的信念之書，則可與加萊亞諾的《歲月的孩子》互為參照：前者的詞書樣態，由後者投入時間參數後，重置為一部年曆，或者，三百六十六則日常祈禱文。生於拉美，他們共同憂患的，是原鄉本土在模式重複的災難中，注定的集體失憶。經濟上，是襲用殖民體制，資本家挾跨國資本的「趁願再來」；政治上，是獨裁法統經現代性理序更新後的進化；哲學上，則是種種他們既無法全然深信，但又不能不以最單純心志去信任的西方人文主張，「普世」價值。於是，當在時間密林跳島穿梭，他們也許，不得不實踐一種「曲率驅動」的科幻精神，光速倒轉無盡傷逝，卸盡增熵，將原初重構為詩。

　　如加萊亞諾在歲月某日，記下的埃拉托斯特尼。遠在西元前三世紀，這位質數篩選者，僅憑步行、一根長竿，及間隔一整年的兩次日照，就推斷出地球是圓的；而他算定的直徑，與事實誤差只有九十公里；大

概，是從臺北到新竹的距離。我在想，比起上千年的知識阻絕，新竹到臺北算遠還是近。但其實，一個人需要那麼多，需要甚至社群不必然需要的，又需要將那一切，化簡為能隨身攜行的，才能以兩個城市的最短距離，親驗世上任兩座城邦，最遠的差距。

在寫作字母會短篇，從「未來」到「虛構」時，我常想起的，不是任何書，而是這位有點莫名其妙的埃拉托斯特尼。雖然，對我而言，他並無實際面目，只是在象徵意義中，世間後來，一切可能不可能之書的回向造影。

喔對了，在那惟一一次真實生命裡，埃拉托斯特尼的正職是圖書館館長，後來眼睛也瞎了。然後他決定就不吃東西了。然後他就……唉，你知道的。

如實的虛構

胡淑雯

　　二戰末期，加拿大鄉間，一個少女動了手術，被死亡的翅膀搧了一下，暫時不必上學，也不用做家事。因為戰爭與煤氣配給的緣故，她是在大雪中搭馬車去急診的。她割掉了闌尾，以及一顆蛋大的腫瘤，沒人提起「癌症」的可能性，人生裡最要緊的那些事，會自行逃避語言。少女當時十四歲，白天晃來晃去，夜裡不睡，自時間的秩序脫逸而出，成為一個無用，多餘，奇怪的人。這個少女後來成為小說家，艾莉絲・孟若，她將這段經驗寫成一則短篇小說，〈夜〉，收在一九九二年出版的《親愛的人生》，並且將其歸入「自傳性質」。孟若說：它們是我這輩子第一次和最後一次，訴說我自己人生的故事，儘管它們有時並不完全忠於事實。

　　在寫作的世界裡，過去跟未來同樣布滿未知，需要想像力。小說家面向過去，倒退著走入未來，或者像《大亨小傳》的蓋茲比，伸長了手臂，渴望抓住那點亮了過去因而指向了未來的，燈塔的綠光，然而無盡的浪潮，如同結構與機遇，不斷不斷將他逆推向後，以至眼前的未來，漂浮不定的未來，竟反而不斷後退似地遠離他，拋棄他。原來，未來是會向後退的，這是我對《大亨小傳》最偏執的解讀。

　　孟若另有一個短篇，題名〈虛構〉。女主角歷經了兩次婚姻，在晚年的一次偶遇中，認識了一個年輕小說家，她剛出了第一本書，書名乍聽之下「很不小說」，一度被誤認為實用教學書籍，名為《我們要如何生活》。出於好奇，奇怪於小說家待她之古怪，討人厭，女主角買了這本小說，發現其中一篇，寫的竟然是真人真事。原來，小說家是女主角曾經教過的學生，在一篇名為〈悼亡兒之歌〉的短篇中，寫下小女孩對

老師的愛，以及，被老師操弄，套話，利用的心情。女孩的母親，正是許多年前，丈夫（前夫）愛上的人。「此刻，她才真的明白這些文字的意義，感到一股恐懼襲來。無辜的孩子，鬼祟的大人，那唆使。」

女主角帶著禮物，去參加新書朗讀會，排隊給作者簽名。那禮物是一個暗號，作者應當記得。但是，小說家請店員收下禮物，臉上沒有一絲認出什麼的跡象，似乎連不久前的偶遇也不記得，讓回憶盡成虛構，讓虛構如實地站在虛構那邊。「你會以為她與這故事毫無關係，一如蛇之褪皮，她急於掙脫，棄之草地，揚長而去。」小說最末，女主角自嘲，她因此又經歷了一回真人真事，這事情可以變成一則趣聞，講給後來的人聽。於是我們有了這篇，名之為「虛構」的小說。將真實與虛構的關係拆散，黏合，摺曲，重新創造至血肉相連，血肉不清。為了擺脫過去對記憶的箝制，小說家以書寫逃逸，一旦所書所寫成為虛構，有了自發的生命，就可以轉身向它告別了。

回到孟若筆下的〈夜〉，那個十四歲的少女。在病後長時間「無所謂時間」的散漫自由之後，少女失眠了。有件事控制了少女，讓她感覺不再是自己。問題不出在睡眠。少女說，我要的不是睡眠。問題在於，那威脅睡眠的東西。有個念頭盤踞著少女，驅使她去嘗試某件事，而出手嘗試這件事，並不需要什麼積極的動機，只是想要確定自己能不能辦到而已。少女心裡的念頭是：我可以勒死我妹。

少女對妹妹沒有惡意，沒有憤怒，沒有嫉妒。「我可以」殺死妹妹這念頭，是一種冷冷的，深暗的，接近沈思而非衝動的東西，缺乏明確的動機，需要的只是「讓步」——為什麼不？為什麼不去做一件最壞的事？

對我這樣的讀者來說，孟若所謂的「讓步」，無非道德的撤退，或者說，道德意志的撤退。這是文學的空間，小說的空間，也是一個敏感的少女「形變」為小說家的，關鍵時刻。因為害怕這個念頭，少女失眠

了，成為夜遊者，在屋裡屋外晃蕩了八或九天，也許二十，二十一天，以夜視的清明，觀察白天看不到的生活細節，記起了原本已經忘記的事，直到某一個清晨，在門廊撞見了也許早起，也許同樣失眠的父親。她向父親坦白了一切，父親僅回了一聲「唔」，表示聽見了，隨後又說別擔心，「人有時就是會有這種念頭。」按照當代的規則，這可怕的少女可能會被送去精神科吧。但鄉下父親的方法真的有效，「他只說我需要聽的話，」「既沒有嘲弄也不驚慌，讓我安心，可以繼續在這個世界裡待下去。」

　　這樣的態度，可以說，貫穿了孟若小說的迷人之處。再怪的事都不值得大驚小怪，尋常人的日常生活，本就是驚濤駭浪。我們可能因為無人瞭解的原因，做出我們並不瞭解，也不知道自己會去做出的事。

　　那篇小說是這樣結束的：

　　我一直在想，他（父親）也許是穿上了比較好的工作服，因為那天早上他跟銀行約好，對方說貸款無法再展延，儘管他早就料到了。他盡可能努力工作，但景氣沒有好轉的跡象，他必須找別的出路，養活這個家，同時償還欠下的錢。或者他可能已經發現，我媽精神不穩是一種病，不可能會好。也可能他愛上了某個不可理喻的女人。

　　那都不要緊，從那時開始，我睡得著了。

A

陳雪

韋勒貝克 Michel Houellebecq
《一座島嶼的可能性》
La possibilite d'une ile

顏忠賢

卡爾維諾 Italo Calvino
《看不見的城市》Le città invisibili
《宇宙連環圖》Le cosmicomiche

艾可 Umberto Eco
《昨日之島》Isola del giorno prima
《傅柯擺》Il pendolo di Foucault

B

顏忠賢

薩拉馬戈 José Saramago
《修道院紀事》Memorial do
Convento

帕維奇 Milorad Pavić
《哈扎爾辭典》Dictionary of the
Khazars: A Lexicon Novel

顏忠賢

《寶島大旅社》
《三寶西洋鑑》

C

顏忠賢

村上春樹
《世界末日與冷酷異境》

卡夫卡 Franz Kafka
《蛻變》Die Verwandlung
《城堡》Das Schloss

D

顏忠賢

韋勒貝克 Michel Houellebecq
《一座島嶼的可能性》

米蘭·昆德拉 Milan Kundera
《生命中不可承受之輕》
L'Insoutenable Légèreté de l'être
《不朽》L'immortalite

E

黃崇凱

西薩·埃拉 César Aira
〈瓦拉摩〉Varamo—收錄於《鬼魂們：
當代波赫士：西塞·埃拉傑作選》
Los Fantasmas, Un episodio en la
vida del pintor viajero

顏忠賢

大江健三郎
《換取的孩子》
《憂容童子》
《再見，我的書！》

F

胡淑雯

艾莉絲・孟若 Alice Munro
〈虛構〉（出自《太多幸福》
Too Much Happiness）
〈夜〉（出自《親愛的人生》Dear Life）

顏忠賢

馬奎斯 Gabriel García Márquez
《百年孤寂》Cien años de soledad

波赫士 Jorge Luis Borges
《虛構集》Ficciones

駱以軍

波拉尼奧 Roberto Bolaño

《2666》
《荒野偵探》Los detectives salvajes

不分類

童偉格

米沃什 Czesław Miłosz
《米沃什詞典》Abecadło Milosza
《詩的見證》The Witness of Poetry

富恩特斯 Carlos Fuentes Macías
《我相信》En esto creo

加萊亞諾 Eduardo Galeano
《歲月的孩子》Los hijos de los días

瓦拉摩的事件

黃崇凱

　　阿根廷小說家西薩・埃拉的〈瓦拉摩〉在第一段就告訴讀者全篇的梗概：一九二三年某日，在巴拿馬科隆城，政府部門的職員瓦拉摩領到了月薪兩百塊披索。他發現那是偽鈔。然後在大約十到十二小時後，他一氣呵成寫下的長詩成了前衛的大師之作。

　　瓦拉摩揣著兩張偽鈔，無所適從地在街上閒逛，不斷想著該怎麼度過接下來的一個月。他慌亂、憂慮，試著做起小動物標本賺點外快，以為多少有所彌補。與母親同住的瓦拉摩，把整個屋子弄得滿是化學藥劑味，吃著母親料理的怪味鮮魚，繼續憂心自己可能因為花掉兩張偽鈔而吃上牢飯。接著他出門前往咖啡館途中，目睹一起車禍，幫忙救出傷者，移送到療傷處後，他在咖啡館偶遇三個盜版書商，意外被說服寫下了日後成為暢銷經典的詩作。

　　埃拉從兩張虛構的鈔票，引入一個接一個的小小事件，匯聚在瓦拉摩的身上，像是火焰一吋一吋地吞噬引線，慢慢讓一串乏味的生活瑣事開出創作的花火。讀者讀不到瓦拉摩的長詩，卻比面對任何作品都要更理解這首長詩從何而來、融合哪些事物，又怎麼從偶然中誕生。此前此後都不寫詩的瓦拉摩，突然在寫詩前的深夜散步，意識到自己正在變成一生從沒想過要成為的作家，體會了「身為作家」的眼光，萬事萬物似乎都在暗示他，爭相化為素材，擠進他的詩句中。瓦拉摩將一日經歷、手邊紙張的字詞，全部壓縮，重新裝填一個個字，讓每行詩句都飽滿欲裂，漏出無以名狀的光。

　　埃拉透過一系列偶遇、突發的事件，稀釋事件之間的因果濃度，模擬靈光閃現的時刻，深切探問著創作的神祕。

波拉尼奧的《2666》和《荒野偵探》

駱以軍

　　波拉尼奧的《2666》和《荒野偵探》是兩本天書，在我四十五歲後有兩三年，我幾乎每天不斷重讀這兩本書，隨意翻一章節，細讀兩三個小時，內心充滿幸福。它們是紅樓夢之外，我覺得將小說的虛構本質放置，然後層層搭建而上的巨大建築。非常不可思議。之前我們認為波赫士已將小說的無限性，放在一個魔術盒裡，在虛構的展演中，小說這件事的終極運動，和無中生有從蛋殼孵出巨量歷史幻覺，時間屍骸的模糊天色，幾乎已經沒有小說家能翻跳出波赫士的如來佛手掌。包括卡爾維諾，艾可，都只像是「波赫士學院」的歷任院長。但波拉尼奧打破了這個虛構的「波赫士小行星帶」，不是比拚長度，做某種偽百科全書的展演。而是發動一什麼那麼長，那麼多人的心靈史，創傷史，嘈嘈自語，上千個拉美人像昆蟲學的真實採錄，事情上這像龐大礦坑，千指萬腔的坑穴景觀，是為了包抄，找尋一個巨大的虛構：內在寫實主義之母，或一位消失的神祕小說家。這裡頭不同人物魘夢般的追尋，他告訴我們，在這個時代，虛構，乃至於關於虛構這件事的虛構之他次元暫放的暗藏運算本子，這件事要耗盡的力氣，也幾乎就是等價你的一生。當波赫士的概念已被吸納進好萊塢電影包括諾蘭的《全面啟動》，波拉尼奧的虛構鐘乳岩洞的不知能進去多深的地底，多複雜的迷宮，反而是小說家不該放棄你所在的這個世界的一個，虛構的執念與極限。

人們為何從農村離去？

——鄭清文〈相思子花〉與「臺灣奇蹟」年代的城鄉差距

林運鴻

臺灣文學史的資本主義徵狀

相較性別與族群，「階級」是本土文學評論較少觸及的政治性主題。在這個小專欄裡，我們將一起閱讀當代臺灣文學史上的數篇傑作，並且謹慎地去思考，在文學閱讀、出版市場以及發達資本主義社會的重疊之處，文化無意識可能具有的共謀或者反抗。

在節制冷靜的筆調下，鄭清文的著名短篇〈相思子花〉，悄悄觸及了光陰流逝、滄海桑田的永恆感傷。然而，如果從階級政治的角度，閱讀這故事裡的別離重聚，讀者其實能在這首惆悵的田園牧歌中，觀察到臺灣社會的重大變遷。鄭清文以一段無法開花結果的愛情為喻，說明在臺灣的經濟發展背後，關於城鄉差距擴大、貧富階級分化的無情過程，以及女性地位伴隨經濟體制的微妙轉變。

且讓我們回想〈相思子花〉：在鋪滿相思樹葉的河道旁，少年時代的永祥，情不自禁靠近堂哥的童養媳阿鳳，甚至伸手在阿鳳胸口捏了一把。阿鳳與永祥是從小的玩伴，她對於這粗魯的示愛，回應以寬容和默許，還親手編織了一個愛心形狀的魚簍。然而，阿鳳不久後與堂哥成婚，永祥也北上讀書，從此留在城市工作，這段情愫無疾而終。小說開篇運用倒敘，交代了四十年後，從銀行界退休的永祥回到家鄉，與寡居的阿鳳重逢。在故事尾聲，阿鳳要求「帶你去看一個地方」，兩人再次走入落滿相思子花葉的乾涸溪道。此時阿鳳解開衣服，展露被年歲刻劃、但依舊美麗的豐滿胸乳。她提起當年做給永祥的魚簍，「做了一個沒有做好，就不想再做了。」

從小說發表時間推測，在〈相思子花〉裡相欠大半輩子的情債，大約橫跨了一九五〇到一九九〇年代。與兩位主人公經歷的四十年分離時光所平行的是，臺灣正在全球資本主義所指明的康莊大道上頭奮力向前。這一段被小說特意留白的漫長歲月，延續了日治時期已經萌芽的工

業建設與市場經濟，是創造「臺灣奇蹟」的黃金時代。對此，〈相思子花〉誠摯地以文學提問：這份過往無從想像的富裕，臺灣人得用甚麼去交換？

當永祥回到久違故鄉時，驚訝地發現，記憶中的青翠田埔竟被工業文明汙染。此外，鄰人荒廢農事，盤算著拋售農地的價碼。但這些還不是梅菲斯托所要求的全部。對當年彼此愛慕卻不能傾訴的年輕戀人來說，他們的障礙可不只是小叔與堂嫂之間的「傳統」大家族倫理，更加無可克服的是，在「現在與未來」中，資本主義即將向整個臺灣索求的，急遽擴大的城鄉差距。

換句話說，永祥與阿鳳的「隔閡」，恐怕正好連結於資本主義歷史裡那道階級分化的社會鴻溝。如果說日後踏入銀行界的永祥，代表了收割經濟果實的都市中產市民，那麼，一生都在田壟間勞動的阿鳳，她便是被「臺灣奇蹟」這段光鮮歷史所遺忘的農民大眾。〈相思子花〉主題並不偏離一九七〇年代開始的鄉土文學運動，所謂「進步」、「發展」，往往附帶的是生態災難、傳統式微、社區解組以及親人分離，人們多賺了錢，卻未必掙到幸福。

我們也不能忘記，在臺灣經濟發展史中，受薪者和農民的分化，直接來自國家那精打細算、以農養工的產業政策。為了讓青壯男子離開田園，國民黨政權施行一系列壓抑農作價格、限制農業生產的措施，迫使農人無以為生，只能「自願」往都市遷移，成為廉價即可購得的新鮮勞動力。在故事中，永祥離開農村，往都市求學就業，反映的當然是「經濟奇蹟」帶來意識形態轉變。過去固著於土壤之上的臺灣人逐漸堅信，只有離鄉背井，才能「找到出路」。

弔詭的是，資本主義有其難以捉摸的規律。許多年後，在〈相思子花〉的開篇，回到故鄉的永祥發現，農民們「比我這個工作四十年的薪水階級更富有」。這並非本土農業復甦，而是隨著都市擴張，願意出賣

林運鴻

東華大學中國文學系博士，現為臺灣大學臺灣文學研究所博士後研究員。研究興趣為戰後臺灣小說、日本漫畫、階級意識、文化民族主義，以及文學研究的知識論。學術發表見於《思與言》、《臺大文史哲學報》、《臺灣文學研究學報》、《中外文學》、《文化研究》等。

土地的人們能夠迅速側身豪富。相當諷刺的是，數十年來農村與都市的巨大發展落差，只因為農村被捲入吞噬田園的土地炒作，而再次「合而為一」。

也許可以這麼說，在故事最後，阿鳳為了了卻心願，對永祥袒露乳房，那不只是憑弔四十年前無從萌發的戀愛，同時也代表了，由於經濟發展而分裂的兩個階級（鄉村農民與城市中產），在多年後一定程度的和解。然而這份和解的真正原因將使讀者苦笑，一度分離的農村與城市，竟然是因為追逐房市泡沫、以建設為名的「地產資本主義」，才能再次統合起來。

然而，隨著經濟轟然向前，阿鳳這樣的鄉村女子也在長程變遷中獲取了某種以前沒有的力量。與那位總是微笑不語的羞澀少女不同，年近六十的阿鳳熟練開著貨車，幹練而粗壯，她主動帶永祥回到故地，交代還未完全褪色的往日心情。阿鳳在晚年獲得的「解放」，顯然與資本主義的歷史進展密切相關。一旦女人在經濟上自立，也就得到脫離父權的物質基礎。阿鳳歷經丈夫死去，成為一家之主，自己打理農事與生意，婚姻曾加諸她的枷鎖也稍微解除。儘管這份難以訴說的遺憾不能完全補償，至少，阿鳳處身於一個嶄新時代，可以說出在舊社會中被視為禁忌的真正心意。

故事裡還提及，阿鳳不惜與過世丈夫爭執，堅持女兒必須接受大學教育。也許，在阿鳳的少女時代，之所以愛慕準大學生永祥，說不定是一種關乎階級的嚮往。如果農村中的傳統女性，多少理解到，自己在經濟位置和性別等級上的雙重從屬，那麼，這份獻給中產階級男性的愛情，就是她們極其有限的救贖。從這個角度來說，〈相思子花〉真正想談的，大概不會是羅曼史。

馬克思說過，產業革命與資本主義終將使得「一切堅固事物煙消雲散」。阿鳳與永祥各自經歷的正是現代化過程的巨大矛盾：對於從農莊

離去的永祥，童年歲月裡人與自然的和諧關係、穩固的社會連帶，確實隨著資本經濟的洪流一去不返。但故事還有另一方面，在新的生產關係中，阿鳳卻多少能夠重新掌握自己的生命與愛情，經濟的不平等竟然也伴隨女性地位的上升，這中間的功過，恐怕難說得很。

《相思子花》這本小說集出版於一九九二年，這時，鄉土文學論戰曾引發的政治激情已經冷卻，而輕薄、消費式的歐美後現代文藝思潮即將大行其道。我們若把阿鳳與永祥的故事放回文學史內部，就很難不去懷疑，若是寫實主義持守的批判倫理不再受到讀者青睞，那麼，這篇傑作更容易引起大眾共鳴的部分，會不會僅僅是在富裕年代回顧青春與初戀微酸心情的廉價「鄉愁」？

當你的國家與你為敵——
透過鮑德溫看到二十一世紀

胡培菱

近幾年美國文壇的美事之一，就是緊張的黑白種族關係讓美國非裔作家詹姆斯・鮑德溫（James Baldwin, 1924-1987）的作品與評論重新受到重視。鮑德溫雖是美國六〇年代黑人民權運動的靈魂人物之一，他對美國種族關係的剖析與批判，在半個世紀之後，卻仍適用於二十一世紀的美國，在推崇他或師出於他的新出版品及紀錄片等的推波助瀾之下，鮑德溫有如二十一世紀黑人平權運動的先知，在半個世紀之後，繼續見證美國這個國家如何走出、又是否終究能走出種族衝突的泥沼。

在六〇年代，鮑德溫的重要性不在於參與及領導政治活動，如金恩博士或麥爾坎，而是以他的演講與文字創作去梳理、記錄那個動盪的時期。他出生於紐約哈林區，卻因無法忍受這個他必須以母國相稱的國家，加諸在他自身與族人的壓迫結構，而在二十四歲遠走巴黎。在巴黎期間，鮑德溫出版了半自傳小說《山巔宏音》（*Go Tell It on the Mountain*, 1953）、政社評論散文集《土生子的札記》（*Notes of A Native Son*, 1955）等，自此奠定了他在文壇的地位。

一九五七年，黑人平權運動正要風起雲湧時，鮑德溫在異鄉看到在北卡羅來納州大城夏洛特，有個黑人女孩桃樂絲・坎特（Dorothy Counts）為了進一所全白的高中，孑然獨身忍受同學師長的屈辱及謾罵，鮑德溫說，「我們應該有人跟她站在一起」，於是毅然決然決定回到美國，站在歧視與不正義的核心為非裔美國人發聲與書寫。他以最知名的黑人作家之姿回到美國，結識民權運動的重要領導人金恩博士與麥爾坎，並利用

胡培菱

美國羅格斯（Rutgers）大學美國文學博士。於大學任教、於媒體寫文。專論當代美國文學與文化。現定居美國。

書寫小說、評論、詩作、劇本與發表演講、辯論、參與電視談話節目等多種媒體，向美國及世界徹底揭露美國社會中不對等的種族關係。鮑德溫的憤怒、直接與麥爾坎鼓吹黑人起義的激進理念雷同；而他強調「人權」而非僅止「黑權」、期許「共存」而非「分裂」的立場則接近堅持非暴力抗爭的金恩博士。因此，鮑德溫的文字與談話裡有恨有愛，他的迫切是希望美國白人社會從道德無感中覺醒，正視種族歧視的社會結構，他的渴望是在道德的平準點上大家相敬相愛。鮑德溫的作品與立場歷經半個世紀之後仍然重要，不止因為美國社會中的種族仇恨仍未消弭，也是因為人們仍學不會平等相愛。

　　一九五七年回到美國之後，鮑德溫在一九六三年出版了另一本備受推崇的非小說《烈火將至》(The Fire Next Time)，以書信體的方式沉痛爬梳黑人在美國社會長期所承受的不正義，並在一九六五年出版了他第一本短篇小說選集《會見那傢伙》(Going to Meet the Man)，選集中囊括了鮑德溫最為人所知的短篇小說〈桑尼的藍調〉(Sonny's Blues)，以及與平權運動最直接相關的同名短篇小說〈會見那傢伙〉。

　　在〈會見那傢伙〉中，鮑德溫大膽嘗試進入美國南方白人種族歧視者傑西的內心世界，全文以傑西為第一人稱，描繪一個種族歧視者的視野與心智，如何從幼時的無知無辜到被社會、家庭與文化所形塑。故事從已長大成人的白人警長傑西在床上不舉開始，地點在美國南方一個歧視黑人的小鎮。傑西在無法在床上展現雄風之後，跟他漸漸睡去的太太訴說當天的遭遇，他負責驅逐聚集在法院登記選舉權的黑人，他用歧視的口吻描述那些黑人面容醜陋、衣衫襤褸、臭味橫溢、比動物還不如，被驅逐時還不斷歌唱讓他心煩意亂。他們逮捕了一個黑人頭目，傑西命令他下令群眾解散並停止唱歌，他卻充耳不聞，傑西於是惱羞成怒在牢房中用盡力氣用電牛棒把這個頭目打得屁滾尿流、血流如注，而他卻怎麼打都桀驁不遜。傑西在描述他對那個黑體的唾棄與使力凌虐時，他想

黑之華

從美國一九六〇年代的種族民權運動，到二十一世紀的「黑人的命也是命」民權運動，黑白種族問題一直是美國社會中難以化解的難局。當膚色成為社會歧視結構的決定因素，它就也成為制約非裔人民生命中各個面向的強制力、及社會看待與反照非裔美人的濾鏡。即便輿論風向漸趨民主共容，長年以來以膚色為基準的根深社會結構，仍是非裔美人在這個國家難以逃脫或翻轉的框架。這個不正義當然是非裔美國籍作家作品中不斷處理的主題。從位處一九六〇年代種族民權運動中心的詹姆斯・鮑德溫（James Baldwin）開始，到影響力甚巨的長青作家愛麗絲・沃克（Alice Walker），到二十一世紀的年輕非裔美國作家如茲姿・派克（ZZ Parker）等，他們的作品如何刻劃他們所處時代的種族關係與非裔自我身分認同，又如何回應了從六〇年代種族平權覺醒以降的動盪歷史？由六位非裔美籍作家的數篇短篇小說，我們將勾勒出這半世紀以來的黑人文學圖像，並探索美國這個國家落實種族正義的可能與不可能。

起了童年時另一件往事。

　　小時有天早晨，傑西與同為警長的父親、母親及眾多白人鄰居參與了一場野餐盛事。他還記得那天早上大夥興高采烈，左鄰右舍互相吆喝招呼，拿著食物驅車前往野餐地點，他母親還在出門前特別梳妝打扮。到的時候只見白人群眾人山人海圍著中心觀看，等到他父親將傑西扛在肩膀上，他才看見這是場凌遲私刑（lynching）的公開盛會，一個不知犯下何罪的黑人被吊在火堆上，他不斷被放下又擢起於火焰之中，求生不得求死不能，他的叫喊湮沒於群眾的喝采聲中。最後他的生殖器被一位凌遲者拿在手中趁斤論兩、一刀砍斷，大夥拿著石頭刀具一轟而上，將那早已支離破碎的黑體凌遲殆盡，接著放火徹底終結。結束後白人群眾嘻嘻哈哈，開始享用他們勝利的野餐。在這過程中，傑西幾度無法直視，他看著他的母親想尋求慰藉，卻發現母親在這盛會中比平時更加美麗，臉上充滿光芒。當他父親終於將他從肩上放下時，他感覺父親似乎陪伴他打贏了人生中的第一場戰，灌注了他無比重要的人生智慧。

　　在床上想著這個凌遲私刑、想著那把一把砍斷黑人陰莖的刀，原本不舉的傑西突然雄風重現，堅硬地勃起，他一把抓起太太搏力演出，直到他聽到早晨的第一聲公雞啼叫。

　　這篇短篇小說所勾勒的，是一個歧視心態的養成、歧視結構的制約。在觀看這場私刑之前，白人小男孩傑西有黑人玩伴，種族膚色是事實無關權力或優劣，私刑是傑西的成人禮，自此他加入了父親母親的共犯結構、正當化與內化種族歧視的意識形態。但如同主人與奴隸的辯證，對白人至上的深信不疑需要永遠低下的黑人才得以為真，因此當稍早那個黑人頭目不屈服於傑西的棍下，傑西感受到的是他白人主體的被剝奪，或許可以說是白人主體的去勢，這也就反映在他不舉的這個事實上。而他唯一能夠重建雄風的方法、唯一能夠在第二天繼續去面對抗爭反叛的黑人的方法，就是回到那場賦予他力量的私刑，回憶那個呼風喚

雨、掌握生死的絕對優勢，讓他再度相信他在社會結構中的權力位置，他於是駕馭了他的女人，也相信他有天賦之權，繼續懲罰反抗他的黑人。

這篇故事讓我們看到歷史的停滯不前，透過六〇年代的南方小鎮警長傑西，我們可以看到二十一世紀在佛格森（按：發生麥可·布朗事件之地）、或紐約、或芝加哥濫捕濫殺非裔美人的白人警察，那樣的權力結構半個世紀來似乎從來沒有改變過。用性能力來代表權力及主體的完整性，鮑德溫質問了對白人來說低下黑人的重要性，他點出了權力的相對性而非絕對性。就如同他在著名的「黑鬼與美國未來」（The Negro and the American Promise）的電視談話中所指出，「黑鬼」，低下、奴性、不敢反抗的「黑鬼」是一個美國白人建構出來的迷思，因為有貧窮愚蠢低下的黑鬼才有天之驕子的白人，鮑德溫認為美國的未來取決於美國白人有沒有能力問自己，「為什麼我們需要『黑鬼』？」因為「黑鬼問題」是白人的問題，不是黑人的問題，鮑德溫說，「因為我不是黑鬼，我是人。」

但鮑德溫的愛讓他給了這個結構一個開關，字裡行間他對傑西有同情也有希望，他相信歧視是制度制約的結果，不是人性；他相信在制約開啟之前，不分種族的愛與友情有無限可能；他相信若制約可以被開啟，或許也有可能被關閉。不是這次，但或許會是下次，下次當傑西乘風破浪的白人權威再被挑戰的時候，或許他會想起那個在觀看私刑中曾經猶疑不忍、恐懼疑惑的男孩。那個男孩，不需要黑鬼。

鮑德溫不以對文體及文字的實驗雕琢見長，他的長處在於用任何文類去乘載社會批判，他的小說往往讀起來像回憶錄，他的非小說往往也飽含故事成分，因為說到底，每個非裔美國人都有一段被壓迫的個人故事可以訴說，也都是那整體血淚史中的一部分。透過這些故事，鮑德溫揭露與批判的是主僕關係的核心邏輯及美國白人社會的核心價值。往往我們透過一個時代作家看到某個過去的時代，但在鮑德溫的作品中，只要種族平權的未來還沒有到來，我們透過六〇年代的鮑德溫，永遠看得到現在。

駱以軍的小電影

徐明瀚

小說家的電影史（事）

每個華語文學作家，都有
自己的電影知識集，藉
由爬梳歷來他們曾援用的
古今中外電影典故，來擴
大或趨近他們要談的辯證
意象或生命自況。其中，
駱以軍與顏忠賢的影像用
典，歷歷在目；陳雪與胡
淑雯則有自我戲劇化的潛
力；黃崇凱從非虛構的影
像歷史轉進為虛構態勢；
童偉格則滿是無盡的電影
感。本專欄將檢視這樣的
文學運用電影的隱喻（／
影像喻說），究竟是轉開
了話題？抑或是轉進了某
些深邃的理路，從故事、
歷史形成事件，從而別開
生面。

如果說「小文學」（minor literature），是卡夫卡試圖「在自己的語言中成為異鄉人」，而普魯斯特曾說「偉大的作品是以某種外國語寫的」，皆以異質的腔調與書寫態勢，改造原本主流的語言型態，並將之陌異於自身。那麼，駱以軍文學的「小」則是「小電影」式的，也就是「在外片裡偷放國片」，在無數的外國電影一級對白中，創造出他總能將之灌爆的三級獨白，並且將所有翻譯體或海外輸入的故事與影像敘事，降級（degrading）轉為三級港片或社會寫實臺片那種總是能親暱狎邪的文本，將之為自己所僭（／賤）用。

法國哲學家德勒茲與瓜達希（Deleuze and Guattari）在《卡夫卡》和《千重臺》（*Mille plateaux*）書中所謂的小（minor），是一種相對於大的小、多的少、強的弱等等，它並不僅是做為小眾、少數或弱勢而單獨存在，而是一種相對關係中使主流（major）發生變異的集體發聲裝配作用。在文學中小用法（minorization），就是對語言中的支配性結構進行破壞與挪用。駱以軍雖非卡夫卡那樣，以斯多葛式的節制與禁慾，小幅度地「從字母中製造字詞」，亦非普魯斯特用某種狂徵博引的自由聯想方式，把異國風帶到自己的國情中，但駱以軍的「小電影」（minor cinema）招式，則是利用在主流的電影觀看結構與疆域中，解脫逃逸為觀看身旁女伴或重新塑造心中女神（例如那個虛構的「女兒」或說「藍天使」們）的文學新畛域，而這在華語文學史上，也是有脈絡可以覓見的，如一九三〇年代的施蟄存，和一九六〇年代的劉以鬯。

施蟄存的巴黎大戲院

在華語文學史上，有著史上最長的面對電影畫面之角色獨白，首推一九三三年新感覺派小說家施蟄存的〈在巴黎大戲院〉。這篇收錄在新中國書局出版的施蟄存小說集《梅雨之夕》的作品，是以一種高度意識流、主人公不斷內心獨白的形式，構成的一篇心理主義小說。故事中的主人公「我」，沒有姓名，只知道他是一個已結婚、太太住在鄉下，而自己卻在上海與一個少女伴遊了三、四天的男子，整部小說的主題並非是婚外情的道德焦慮，反而是男人某種自信心建立的焦慮，不停猜測身旁女伴在想甚麼，從戲院口買票入場、兩人並排而坐，到散場結束，男子試圖探測該女子的複雜內心戲，瑣碎甚至猥瑣。在此節錄一兩段：

「這裡的椅子太小，坐著真不舒服。這邊的椅臂也被她的手臂擱了去嗎？那麼我只有這一旁的椅臂可擱了。我不妨坐斜一點，稍微鬆散些。哎，什麼香，怪好聞的？這一定從她身上來的。[⋯]我猜想她一定是連小衣都換過了的。喔；我不能這樣：太狎褻了！但她為什麼笑呢？」／「她一定也覺得了我在看著她。果然，她的嘴唇微微翕動了，這是忍笑的姿態。她心裡覺得怎樣，我真是猜不透。[⋯]這三天來我真昏迷極了。整個上海差不多全被我們玩過了。我就是對於妻也從來沒有這樣熱烈過。」整篇七千字的〈在巴黎大戲院〉，全都是這些主人公的心聲。

值得一提的是，在小說中，施蟄存並沒有說出主人公與這位「容易動情的少女」是在看哪一部電影，我們讀者只知道幾個線索「影片是烏髮公司出品」、「扮演副官的是俄國大明星伊凡·摩猶金」、片中有一段「扔掉婚戒」的片段。經查，一九三三年以前由德國威瑪時期的大製片公司烏髮（UFA）所推出過，而又是由伊凡·摩猶金（Ivan Mozzhukhin）主演的，就是一九三〇年的《白惡魔》（*The White Devil*）。伊凡·摩猶金本人不通德文、英文和法文，只會講俄文，本片正值無聲電影轉有聲電影的時期，正好是一部只有配樂而無對白配音的電影。施蟄存在該小說

徐明瀚

電影與藝術評論人，曾任《Fa電影欣賞》執行主編，現任《國影本事》主編。交通大學社會與文化研究所畢業，現為臺北藝術大學美術系博士生，編過許多書、策劃過多檔影展，研究領域坐落在當代歐陸哲學、東亞美學現代性與華語獨立影片藝術之間。

末尾寫到主人公的心聲：「其實我等於沒有看。」

　　全篇小說，主人公看的電影，壓根不是銀幕上的那部電影，而是身旁女伴的所有互動細節，從應對答話到肢體觸碰的昏暗小電影，滿滿的是男主角的內心戲獨白，對比於巴黎大戲院中的無聲對白默片，多了許多許多心理環節。整個戲院或是說整個上海，都是在為兩人的遊歷進行伴奏與陪襯，就連優秀的德國 UFA 電影也不例外，好好看一場電影的銀幕觀看結構，完全被移轉到座位上的雙人小戲碼，或是說男主角自我戲劇化的內在臺詞中。

劉以鬯的雙人雅座

　　在華語文學史上，同樣故事的關鍵場景是發生在電影戲院裡的，是香港作家劉以鬯一九七二年在《星島日報》連載的十一萬字長篇小說《對倒》，這部小說也因為二○○○年王家衛《花樣年華》有七處以字卡的形式向其致敬而聲名大噪。書名「對倒」（tête-bêche）做為郵票學上的專有名詞：一正一反的雙連郵票，王家衛擴大了它的定義，他說：「tête-bêche 不僅是郵學上的名詞或寫小說的手法，它也可以是電影的語言，是光線與色彩、聲音與畫面的交錯。[…]Tête-bêche 甚至可以是時間的交錯。」但即便如此，王家衛在《花樣年華》中讓周慕雲與蘇麗珍的錯身之處，設定成兩人出外買晚飯時同會擦身而過的樓梯甬道，卻省略了原本在小說《對倒》中一個極為重要場景，那就是男主角老者淳于白，與女主角少女亞杏，唯二兩人並肩的地方，除了一個是在淳于白的虛幻夢境裡，另一個就是在真實的戲院之中。

　　在小說《對倒》核心段落的戲院場景中，原本如向左走向右走般總是錯過的淳于白與亞杏，終於首度地並排而坐在電影院的「G四十六」與「G四十八」兩個觀影席上。亞杏欣賞著長得像阿倫・狄龍（按：臺灣翻成亞蘭・德倫）的男主角，淳于白欣賞著長得像海倫・海絲的女主角，他們一同在

看的是某部有著男女主角先是結婚，後來妻子用尖刀殺丈夫的華語電影，但兩人的感想卻是天差地別，一邊垂垂老矣地回憶過往，一邊則殷殷企盼地展望未來。這時候小說家劉以鬯用「亞杏想：『』」與「淳于白想：『』」這兩組構句，不斷地交換輪替，兩人即便由無數的內心獨白，但始終是分道揚鑣的，老頭揣摩少女看到電影映前那「奉諭兒童不宜觀看」（即今日香港所稱的「三級片」）預告片的心理，少女則暗暗嫌棄著正在端詳自己的老頭。

淳于白自知少女「很年輕，比我兒子還小」。但在夢境中，淳于白卻意淫這位年紀可以當他女兒的亞杏。劉以鬯寫道：「像淳于白這樣年紀的人，不應該對亞杏這樣的少女存有非分之想。事實上，當他在電影院裡端詳亞杏時，只有好奇，並無齷齪的念頭。但是現在，他竟在夢中見到她了。在夢中，他們並排坐在一起，他們嘁嘁喳喳談了許多話，使淳于白得到極大的喜悅。在狂喜中，淳于白將亞杏摟在懷中，吻她。那是一個長吻。當她鬆手時，發現亞杏是赤裸身子的。[⋯]淳于白辨不出那香氣是花朵發散出來的；還是從亞杏身上發散出來的。」

劉以鬯這場《對倒》的雙人雅座場景，從主人公淳于白的角度，破壞了亞杏那種縫合到銀幕的傳統電影主流觀看結構，雖然淳于白一樣喜歡銀幕上的海倫·海絲，但更多時候，卻是在注意著身旁的少女，且後來在夢中富有幻想，建構出了另一套觀想機制的連續體，成為主人公的某種生命情調，即便兩人在戲院後分道揚鑣，但仍然滿溢著對於青春的愛憐與自己垂垂老矣的哀嘆。

駱以軍的藍天使自宅

後來我們看到駱以軍的作品，幾乎也多暗合了上述兩個文學作品中男性自信心焦慮的語態，尤其在三十四萬字長篇小說《女兒》的開章〈藍天使〉中，駱以軍幾乎把這種中年危機、羅莉塔情節和自暴自棄的生命景況，開足馬力，全面推到心神極度衰弱之處，我姑且稱之為駱以軍式

的「小電影」。他是這樣寫道的：「知道『藍天使』這個祕密的老人，都會淚光閃閃，對那些給予剎那至福的小熱帶魚、小胖女孩、小南洋妞、小解語花、小惡魔、小護士……們，充滿感激。沒有人會苛責這些淚光折射下的女孩兒，它們夠不夠優、懂不懂禮貌、貪不貪婪、雞不雞歪……」

電影《藍天使》正是一九三〇年德國 UFA 公司與大導演馮・斯登堡（Josef Von Sternberg）聯手的代表之作，改編自亨利希・曼（Henrich Mann）的長篇小說《垃圾教授》（*Professor Unrat*），故事是說一位教授，某次因為追查學生行蹤而進入一家名為「藍天使」的酒館，原本道貌岸然的他，卻被瑪琳・戴德麗（Marlene Dietrich）飾演的洛拉（Lola）之歌聲與大腿舞所迷惑，從此拜倒在洛拉的裙下，婚後教授從此成為酒館的棋子，最後還成為臺上的小丑。但對小說家而言，重點不在於洛拉如何地美若天仙（實情是小說家說她「其實是個胖子，[…] 她的腿用今天的標準看真是太粗了」），而是在於教授儘管變成了垃圾，仍不得洛拉所愛的孤獨故事。於是，讀這個故事，或看這部電影的老人們，有了閃閃的淚光。

駱以軍在該章寫道：「這是個悲慘的故事（也是我的故事）。我記得當初我在這公寓裡看這部黑白片，哭得唏哩嘩啦，一遍看完又重看一遍。」《藍天使》做為《女兒》的開場隱喻／影喻，小說家駱以軍運用它，並不只是拿來對自己的生命經驗單純地自比、自況，而是《藍天使》做為一個關係內部傷害（如我與妻、我與女兒）的大腦銀幕顯像那樣，一種小電影式的、近乎猥褻醒豔的單相思觀看（如做為老頭的我與少女、做為宅男的我與 AI 美少女等等）的生命內核引擎那樣，成為小說的關鍵字、母題，或是說風暴渦漩的空洞中心。

藍天使是小說家祕密創造出來的小女娃，正如施蟄存會創造巴黎大戲院裡的女伴，劉以鬯會創作戲院與夢境裡的亞杏那樣，即便神經極度

衰弱，即便尺度走向三級，但就是命中注定，成為小說家純粹的賭注那樣，一往而深。這幾乎是駱以軍小電影式文學關於性別觀看、年齡時間與作家自身生命各種間差張力的全部祕密，縱使如他所寫：「我用我這一身腐朽發臭的骨骸，一堆報廢的不同指針刻度的鐘錶，一生的籌碼，還梭哈不了……」在這個意義上，這整套駱以軍的小電影，儘管兒童不宜，有點三級，但絕非 B 級片，因為拍攝耗時、人生製作成本還不能說是不高。

在字母的共和國裡

蔡慶樺

蔡慶樺

情／書

某種意義上班雅明寫過這個專欄。他被納粹放逐到瑞士時，擇選、引介、評論了二十五封德語區文人的書信，編為《德意志人》一書，盼從這些書信往來中萃取出抵抗暴政的德國文化力量，可見書信是如何重要的文類。這個專欄談的也是書信，也是德意志人。我們一起細讀那些信吧，讀那些德意志人的生命、那些德意志人的情與書。

不曾存在的共和國

《字母》，不能不讓我想起這個啟蒙時期的概念：Respublica litteraria，Republic of Letters。在文學成為今日的文藝作品概念前，文學（Literatur，拉丁文 litteratura）是文字，從十六世紀到十八世紀之間通行的意義是指「科學、語言學及學術」，或者說是「體現為書寫形式的精神產出」。litteratura 是「字母所生之書寫作品」、是「語言之術」。

拉丁文形容詞 litterarius 原來就是指「與字母、書寫相關的；屬於閱讀及書寫的」。字母，littera，是一切精神要成為書寫的必要元素。littera 才生出了 litteratura，一切學術、思想與文藝才能書面化，才能被閱讀（Duden Das Herkunftswörterbuch, "Literatur"）。

Respublica litteraria 才得以被建立。

這個概念直接翻譯或可名為「文人共和國」，在歐洲啟蒙時期成為流行的概念，意思是那些文人學者們所構成的精神王國，在政教之外的、不曾真正存在過的國家，其統治者是達文西、歌德、康德、盧梭、伏爾泰、哥白尼、萊布尼茲、牛頓、孟德斯鳩、但丁……。

十八世紀末時的法國大革命帶來一個真正的共和國，但中世紀歐洲的常態都是君主治理，因而，這個「文人共和國」便成為一個寓言，一個書寫與思想的烏托邦，一個精神上的共和國。這個共和國沒有國界，或者說語言才是國界；沒有君主，國度內只有國民，入籍的資格是掌握文字與思想，能與其他的國民對話並維繫其國家的「自由」。

一七七四年，德意志詩人克羅斯托克（Friedrich Gottlieb Klopstock）便針對這個主題，出版了一本極有意思的書《德意志學人共和國》（*Die* deutsche Gelehrtenrepublik），這本書描述一個烏托邦國度，在這個國度裡政治權力的由來不是來自世族、財富或民意，而是知識、藝術創作等精神能力。他以一個學人共和國國民的身分，書寫建國歷史、法律設計、國家運作規則等，這個國家中有三個階級，統治者、學術或藝術創作者、人民，這三個階級有流動的可能，但必須透過學人共和國特殊的制度設計。例如，要能成為治理國家的人，就必須持續地在學術或藝術領域多年耕耘後才能獲得躋身機會。因此，政治權力的擁有者必然都是那些在文藝領域有高度成就者（這種設計逆轉了柏拉圖的理想國制度，柏拉圖看到詩人的危險性，將反叛的文人逐出國家⋯⋯）。

例如，共和國的法律明定：「五年又七天內，除了翻譯一般書籍外，完全不做其他事情的人，可以成為守夜者。」這是多麼奇特的法律，統治者其實是為我們守夜的人，而他們取得這個權力依賴的竟是心無旁騖地長時間為文字奉獻。

在這個國度裡的上流社會（noble Gesellschaft），不是最知道錦衣玉食的人，而是最能掌握語言、並以其文化技能貢獻給社會的一群沉默的讀者及作者。

像我如此愛你的，寥寥無幾

這個國度不曾存在，可是也確實存在。

它存在於文人的著作裡，學術期刊裡，報刊的文藝版中，尤其在印刷術被發明後，那些流通全歐的重要著作，不斷擴大文人共和國的國界，例如住在波羅的海海濱的康德，從柯尼斯堡寄給《柏林月刊》（Berlinische Monatsschrift）的那篇〈論何謂啟蒙〉（Beantwortung der Frage: Was ist Aufklärung?），便如同一篇文人共和國的建國宣言，如此勇敢地表達對人類知識能力的信心。

此外，幾百年前的文人們還倚賴一種交往方式：書信。當時素不相

蔡慶樺

閱讀者及寫作者，思考的資源來自日爾曼語言、思想、文化、歷史、文學。

識的文人習慣提筆寫信給他所敬佩者，以交流、傳遞重要的思想。這些書信的往來常常被集結出版，也成為一類重要作品。文人共和國，可說也以書信共和國的方式存在著──另一種意義的 Republic of Letters。

我想以兩個德國文人的往來為例，說明這個共和國的運作。康德與費希特，也許是十八世紀德意志文人共和國最重要的兩個國民，甚至可說是統治者。他們互相閱讀彼此作品，是師／生、作者／讀者及評論者、筆友的關係，他們的思想連帶所激發出的概念，後來也茁壯為德國的重要思想傳統：觀念論。

費希特被視為康德的傳人，但是他並不直接是康德的學生。卡爾‧弗蘭德（Karl Vorländer）在其知名康德傳記《康德其人及作品》（Immanuel Kant. Der Mann und das Werk）中這麼記錄兩人來往情形：年輕的費希特於一七九〇年時讀了康德的批判著作，「在腦海裡及心裡激起了革命」，此後他如著迷般讀著康德，在一七九一年八月十八日時他提筆寫信給這個曾經當過柯尼斯堡大學校長的教授，告訴他，「整個歐洲都崇敬你，可是我肯定整個歐洲像我如此愛你的，寥寥無幾」，並決定辭去華沙的私人教師工作，去柯尼斯堡聽康德授課，認識這位哲學家。

當時講臺上的康德不能讓坐在底下的費希特滿意，他認為康德的文字比起講課精采太多。懷著失望，費希特離開了柯尼斯堡，但未離開康德哲學，不久後費希特寫成長文《一切啟示之批判的嘗試》（Versuch einer Kritik aller Offenbarung），寄給康德，康德讀後大為讚賞，邀這位年輕人再來柯尼斯堡，在家中接待他，並將他介紹給柯尼斯堡的知識界及上流社會。

真正的知識之愛，連結起了這兩位文化貴族。費希特當時是個剛剛辭去工作的窮青年，到康德家中作客不久，便向康德借盤纏，希望能返回家鄉從事神職工作；康德並未放棄這位具有潛力的哲學天才青年，便介紹出版商出版費希特的著作，並為費希特引介另一份家教工作，解決

了他的經濟困難。

費希特的《一切啟示之批判的嘗試》於是在一七九二年出版，然而當時作者名字與前言未被印入（失誤或故意不可知）。因為那是康德作品的出版社，於是歐洲知識界相信，這是一本康德以匿名方式出版的宗教哲學之作。報刊書評盛讚該書，康德只好為文聲明，該書並非其著作，而是「一位有才華之男人」的作品。費希特於是一夕成名。兩年後他成為耶拿大學哲學系教授，後來被聘至柏林大學，更成為柏林大學校長——而他甚至連大學都沒讀完，一切成就可說都來自他對康德的熱愛。

一七九四年，他出版了《知識學》（*Wissenschaftslehre*），立刻寄給了康德，信中稱獻給他的「師傅」（Meister）。兩年後，他的兒子誕生，得名伊曼努爾，那正是康德之名。兩人之間持續通信多年，一位曾任柯尼斯堡大學校長，一位曾任柏林大學校長，在那個政治與宗教仍然掌控塵世權力的時代，這兩個知識殿堂的掌舵者，師傅以及他的學徒，寫出了一個建立在文字上的、書信上的國度。

很好

《字母》，豈止只是字母。那是精神共和國的磚瓦元素，文字為媒介，串連提筆之人及讀字之人，每個人在這個國度裡都是他人的師傅也是他人的學徒，我們寫下文字，如同一封一封對著無名讀者的書信；我們細讀且評論作者，深入他們的國度，窺視那些耗盡精華時間只為在這世上留下一些文字的精神世界。這本刊物，難道不也是文人／字母／書信的共和國領土嗎？

克羅斯托克的《德意志學人共和國》寓言，也值得今日再讀。在文字中探索之人，被賦予守夜者的地位。而「守夜者的職責之一是，確保那些在筆鋒對決中死亡、而成為幽靈遊蕩者，不致成為作惡過多的鬼魂」。他描述的畫面多麼鮮明，在這個學人共和國裡不只有愛，想必也

有這樣的作者／讀者關係或者作者／作者關係：像我如此恨你的，寥寥無幾。在字母的共和國裡，有人為文崇敬，也有人以筆當劍決鬥，最後成為遊蕩不去的靈魂；而當然也有守夜者，撥開闇夜裡那些淒厲的聲音與身影，在寫字桌上點起一盞明火，繼續不斷為這個文字共和國立法。寫作者、評論者是決鬥者、是彼此愛慕者，卻也是守夜者，他們守護未死者，也試圖拯救敗亡者。

而不管我們在字母裡以什麼樣子的關係共處，我們如何依偎著那些文字尋求共感，如何閱讀他人窺探他人，我們在這裡找到愛或找到恨，字母都有其力量；只要我們認真對待那些作品，作品將帶著字母結合字母形成的強大力道，為我們開啟那個通向 Respublica litteraria 的國門。

傳言，康德臨終前，喝了最後一杯酒、水後，用盡力氣說的最後一句話是：「很好。」（Es ist gut）究竟他指的是什麼？後人們苦思難解。但我想，他回憶起了自己在那個共和國裡的一生。

我想拍出字母會群像的質素

汪正翔

　　接到拍攝字母會的案子時，我剛好在看《現代藝術150年》其中談到羅森伯格（Robert Rauschenberg）的段落。他有一個作品叫作「字母排列」，與他其他創作一樣，都在探索一種藝術與生活之間的節點，用更簡單的話來說，什麼時候生活會成為藝術？

　　我當時只是對於這種名字上的巧合感到興趣，但是在拍攝過程中，我開始思考為什麼羅森伯格要這樣做。表面上，羅森伯格跟上一代的藝術家，也就是那些表現主義的大師都混得很好，可是在羅森伯格的心理，他並不認同抽象表現那一套。事實上所有一九六五年以後搞觀念藝術的藝術家大概都對此不以為然，其中一個原因是，他們覺得藝術不只是那樣。

　　我當然不是說字母會具有一種觀念藝術的傾向，事實上我不瞭解他們在幹什麼。看到駱以軍、童偉格等人，我還是有點恍恍惚惚，就像一個小文青看到了大作家。但是實際聽他們講話，我就可以比較切實地感受到他們如何思考一種新的東西，如何想要讓臺灣的文學更往前進。而這當中又幸好有黃蟲（黃崇凱），他是我大學與研究所的同學，這讓我可以從一個人而非作家的角度去理解文學。然後我發現多半時間黃蟲都在靠夭生命的平庸與苦思藝術的創造。

　　於是兩個時代的人在我心中交疊了，一九六五年的，與當代臺灣的。我在猜一九六〇年代一定也有一些人，他們聚集在一起，然後提出了一個瘋狂或不瘋狂的構想。他們之中也許有人個性溫和，有人激進，有人高大，有人瘦小。但是他們共同之處，就是把藝術放在最前面的地方。

汪正翔

攝影創作者，也撰寫攝影
文字，往返碧潭臺北接案
維生，目前看得見，會按
快門。

因為這樣想的緣故，我確定我不要拍那種很現代主義很經典的照片，我的意思是那種照片用來表達一種人的高貴內在，看到照片好像就看到一種靈光，或是一種反應人本質的質素。這不是不好，只是「藝術好像就已經在他們身上」。相對的，我想讓他們看起來比較接近一種物件，就像羅森伯格把一堆物品，譬如羊頭或是畫框擺在畫布之上，我們不確定那個藝術之上多餘的是什麼？但也許這正是藝術存在的地方。

另外一個比較私人的原因是，我剛好這段時間都在想一件事，就是如何把兩個東西變成一個東西。我認為如果想通這個，我就知道創作的本質是什麼。所以有點不好意思，這些文學家成為了實驗品，但是我想他們不會在意。

華文文學的最大可能性

字母會第一季 九月上市

首刷附贈
限量海報

字母會以 A to Z 的詞典形式開展小說創作，企圖將當代華文創作放回世界思潮的對話當中，透過未來、虛構、單義性、精神分裂、賭局、零度……這些字詞的路標，指向華文創作有多少主題、技藝與可能性。二十六回合的創作像是一場漫長的文學實境秀，小說家輪番上陣，賦予每一個詞語多面體的意義，這些作品已成臺灣當代的文學剖面。

小說家——胡淑雯、陳雪、童偉格、黃崇凱、
　　　　　黃錦樹、駱以軍、顏忠賢
策　畫——楊凱麟
評　論——潘怡帆
封面設計——王志弘

初版一刷二〇一七年九月

初版一刷二〇一七年九月

初版一刷二〇一七年九月

字母會 A未來

除了面對尚未到來的人民，不知書寫還能做什麼？

未來意味著與當下的時間差，小說家必須在時間差當中飛躍，以抵達眾人尚未抵達之地。黃錦樹以馬來半島特殊的鬥魚，從物種面臨的殘酷生死中，反應人對死亡的恐懼；陳雪描述生命的故障與修復，有未來的人也是會邁向死亡的人；童偉格描述死亡無法終止記憶，甚至成為一再回溯的萬有引力，陳述人邁向未來之重；胡淑雯以童年的結束，描述未來是如何開始的；顏忠賢筆下的人是在荒謬與無謂的等待狀態中被推向未來；駱以軍則以旅館的空間隱喻死後的場所；黃崇凱則將人類移民火星的未來新聞化為事實。

字母會 B巴洛克

一種過度的能量就地凹陷成字的迷宮

迷宮無所不在，無所不是，巴洛克以任一極小且全新的切點，照見世界各種面向，繁複是因為它總是在去而復返，它重來卻總是無法回到原點。童偉格以回覆眼鏡行寄來的一張廣告明信片，建構記憶的迷宮；黃錦樹以一如謎的情報員隱喻殖民地被竊走與被停滯的時間，所有的青年從此只是遲到之人；駱以軍以超商、酒館、社區大學與咖啡館等場所，提取人與人如街景的關係，無關就是相關；陳雪的盲眼按摩師從一個身體讀出一生曾經歷的女性；胡淑雯在一起報社性騷擾事件表露各說各話的癲狂；顏忠賢描述人生就是一齣恐怖與不斷出差錯的舞臺劇，只能又著急又同情；黃崇凱則揭開一場跨年夜企圖破紀錄的約炮接力，在迷宮中的回聲不是對話，而是肉體與肉體的撞擊。

字母會 C獨身

當我們感受到孤獨這個詞要意味什麼，似乎我們就學到一些關於藝術的事。

文學的冒險，觀照一切孤獨與難以歸類之物，意味著書寫與閱讀的終將孤獨。黃錦樹敘述遁隱深林最後的馬共，戰役過後獨自抱存革命理想；童偉格將一個人拋置於無人值班的旅館，胡淑雯凝視女變男者的崩潰與自我建立；顏忠賢以猶豫接下家傳旅館與廟公之職的年輕人，描述一個很不一樣的天命；駱以軍以如同狗仔隊偷拍的鏡頭，組裝人生一場難以寫入小說的過場戲；陳雪描寫小說家之孤獨，看著現實人物在他的故事裡闖進又闖出；黃崇凱以香港與臺灣兩個書店老闆的處境，假設一九九七年香港與臺灣同時回歸中國，書店在政治之中成為一個孤獨的場所。

字母會 D差異

必須相信甚至信仰「有差異，而非沒有」，那麼書寫才有意義。

差異是文學的最高級形式，差異書寫與書寫差異，使得文學史更像是一部「壞孩子」的歷史。顏忠賢從民間信仰安太歲切入，描繪安於或不安於信仰的心態；陳雪在變性與跨性別者間看見差異與相同；胡淑雯以客觀與主觀兩種口吻，講述同一次性義工經驗；黃崇凱提出電車難題的版本，解答一則主婦與研究生外遇的結局；駱以軍從一對老少配，描述遲暮的女體之幻影如外星偵測；黃錦樹寫革命分子戰爭殘存的斷臂仍書寫歷史不輟，而後蛻化再生；童偉格以最後一個莫拉亞人的經歷，在悲傷的滅絕中仍保持擬人姿態。

字母會 E事件

小說本身便是事件，小說必須讓自身成為由書寫強勢迫出的語言事件。

小說不是陳述故事，而是透過語言讓事件激烈發生的場域。陳雪以尋找母親，描述一起事件成為生命的ground zero原爆點；童偉格描寫自認為沒有故事的平凡送貨員，卻有著扭轉一生的事件；駱以軍以香港尋人之旅，寫出事件如何製造裂痕導致毀滅；顏忠賢描述瑜珈中心裡罹癌化療、一位如溼婆的女子，思索末世福音的矛盾；胡淑雯在兒童樂園遠足中，揭露專屬兒童的恐懼與壓抑；黃崇凱讓民俗信仰飛出外太空，萬善爺可以當駭客、辦電玩比賽或者去KTV熱唱；黃錦樹以一棵大樹下的祖墳的魔幻事件，見證主角的成人。

字母會 F虛構

虛構首先來自語言全新創造的時空，這是文學抽筋換骨、斷死續生的光之幻術。

虛構不是創造不可見之物，而是可見與不可見之間的戰役，使可見的不可見性被認識，這就是書寫最激進之處。駱以軍以臉書上的「神經病」挑戰記憶的可信度，與讀者共同辯證不可置信故事的真實性；黃崇凱虛構臺灣及吐瓦魯合併下的婚姻，為非常寫實的新移民故事；陳雪讓抑鬱症患者以寫小說拼湊身世，從而看見活過的人生不過是其中一種版本；胡淑雯描述年幼期的跳躍，可能來自一次偶然幾近自我虛構的擾動；顏忠賢講述峇里島魚神帶來的祈求與恐懼，來自祂在人類腦中放入的一種暗示，信仰有自行啟動虛構的能力；黃錦樹以連環夢境重新編輯時空，夢的虛構也是人類經驗的來源；童偉格以老者的眼光，表白人生如倖存者般，要使曾經歷的一切留存為真。

09/23
（六）pm15:00　**發表會**

臺北｜誠品信義店 3F Forum
作者群｜胡淑雯、陳雪、童偉格、黃崇凱、楊凱麟、
　　　　潘怡帆、駱以軍、顏忠賢

11/26
（日）時間近日公布　**簽書會**

臺北｜誠品西門店
作者群｜胡淑雯、陳雪、童偉格、黃崇凱、楊凱麟、
　　　　潘怡帆、駱以軍、顏忠賢

字母會講座行事曆

活動日期、時間	活動主題
9/27(三) PM 20:00	臺北｜誠品 R79 書店空中閱覽室 主持｜楊凱麟　講者｜胡淑雯
10/7(六) PM 19:30	花蓮｜時光 1939 書店 講者｜童偉格　講題｜字母 C：創造「不被認識之物」
10/11(三) PM 20:00	臺北｜誠品敦南店 2F 藝術書區 講者｜楊凱麟、駱以軍　講題｜臺灣文學史的第三次爆炸：字母會的創生
10/20(五) PM 19:00	臺東｜晃晃二手書店 講者｜童偉格　講題｜字母 D：從文學史叛逃
10/21(六) PM 14:30	臺中｜誠品園道店 3F 藝術書區 講者｜駱以軍　講題｜字母 E：這是一個大事件
10/24(二) PM 20:00	臺北｜誠品敦南店 2F 藝術書區 講者｜潘怡帆、陳雪　講題｜論寫作：像我這樣一個作家
11/4(六) PM 14:30	高雄｜三餘書店 講者｜陳雪　講題｜字母 F：小說家與他虛構的世界
11/8(三) PM 20:00	臺北｜誠品敦南店 2F 藝術書區 講者｜潘怡帆、童偉格　講題｜危險的文學定義：從 A 到 Z
11/18(六) PM 19:00	彰化｜紅絲線書店 講者｜顏忠賢　講題｜字母 B：巴洛克的小說在巴洛克的彰化長壽街頭……
11/22(三) PM 20:00	臺北｜誠品敦南店 2F 藝術書區 講者｜楊凱麟、顏忠賢　講題｜文學的邊界：在小說裡精神分裂
11/24(五) PM 20:00	臺北｜誠品臺大店 3F 講者｜黃崇凱　講題｜字母 A：可能與不可能的未來

● 講座資訊請留意字母會粉絲專頁，或電洽 (02)2218-1417 轉 3382。

A

to

Z

的

文

學

L

I

V

E

字母LETTER：駱以軍專輯

Sep.2017 Vol.1

衛城出版編輯部策畫

編輯委員—陳蕙慧、楊凱麟、黃崇凱

總編輯—莊瑞琳

編輯—吳芳碩

企畫—甘彩蓉

封面設計／內頁排版—丸同連合studio

內頁版型—張瑜卿

攝影—汪正翔

社長—郭重興

發行人兼出版總監—曾大福

出版—衛城出版

發行—遠足文化事業股份有限公司

地址—23141 新北市新店區民權路108-2號九樓

電話—02-22181417

傳真—02-86671065

客服專線—0800-221029

法律顧問—華洋法律事務所 蘇文生律師

製版—瑞豐電腦製版印刷股份有限公司

初版—2017年9月

定價—150元

預告

字母會 第二季. G—M 2018年1月

第三季. N—S 2018年4月

第四季. T—Z 2018年7月

字母LETTER Vol.2 2017年11月

陳雪專輯

國家圖書館出版品預行編目資料

字母LETTER：駱以軍專輯／衛城出版編輯部策畫
—初版—新北市：衛城出版：遠足文化發行，
2017.09
　　面；　公分（字母；1）
ISBN 978-986-95334-2-3(平裝)

1.世界文學 2.文學評論 3.文集

810.7　　　　　　　　　　　　106014795

字母會

FACEBOOK https://www.facebook.com/acropolisletter/

EMAIL acropolis@bookrep.com.tw

FACEBOOK http://zh-tw.facebook.com/acropolispublish

填寫本書線上回函